Un pas de trop

J'ai couru vers toi

La suite

Christine Le Doaré

Un pas de trop

Roman noir

© 2025 Christine Le Doaré

Édition : BoD · Books on Demand, 31 avenue Saint-Rémy, 57600 Forbach, bod@bod.fr
Impression : Libri Plureos GmbH, Friedensallee 273, 22763 Hamburg (Allemagne)

Illustration : CLD

ISBN : 978-2-3225-7385-1

Dépôt légal : Juin 2025

Je crois que le mal est une force naturelle, tel un virus affamé, tourbillonnant perpétuellement dans l'air et cherchant des moyens de s'infiltrer. La plupart d'entre nous lui barrent la porte. D'autres l'accueillent avec joie.

Sarah Pekkanen, La Maison de verre

La vérité d'un homme, c'est d'abord ce qu'il cache

André Malraux

Le réveil n'a pas encore sonné, Alice n'a pas envie de se lever, elle se tourne, se blottit dans la chaleur de son lit et s'efforce de respirer avec régularité pour retrouver le sommeil. C'est fichu, elle n'y parviendra pas, elle envoie valser la couette et se lève d'un bond.

Sous la douche son esprit vagabonde, glissant d'une idée à une autre quand le visage d'Alix lui apparaît soudain. Elle se remémore la voix au timbre cristallin qui l'avait captivée à chaque fois qu'elle l'avait entendue plaider au Palais de justice. Pourtant cela faisait maintenant plus de cinq ans qu'Alix Hélias était morte et depuis, elle avait mené bien d'autres enquête criminelles.

Elle songe à ce jour du mois d'août 2019 où à la PJ de Nantes, le meurtre de l'avocate féministe Alix Hélias, lui avait été confié. Jeune Capitaine de trente-quatre ans, elle était alors à la tête de la plus performante des équipes chargées d'élucider les homicides. Ils avaient auditionné la photoreporter Léa Thomson, amante de l'avocate, et son mari Malo Le Bris, ainsi que leur ami à tous trois, Gabriel Le Carré. Les auditions d'Ariane Desforges, la meilleur amie de la victime, et de Camille Serre cliente de la victime et amie de longue date de Léa Thomson, leur avaient fourni de précieuses informations, pourtant, ils n'avaient jamais réussi à confondre le meurtrier. Ils avaient soupçonné Malo Le Bris qui avait un mobile évident, la jalousie et pas vraiment d'alibi, mais n'avaient pas trouvé le moindre commencement de preuve pour l'incriminer. Le comportement de Gabriel Le Carré avait interpellé Alice, mais on ne confond pas un assassin avec une impression et d'ailleurs, rien de tangible n'avait été retenu contre lui. Pourtant, elle avait la conviction qu'il en savait plus sur la mort de l'avocate nantaise que ce qu'il avait bien voulu leur dire.

Puis la COVID_19 leur était tombée dessus, comme sur le reste de l'humanité et la machine judiciaire s'était, elle aussi engourdie. En s'essuyant vigoureusement avec sa serviette de bains, elle grimace en se souvenant de la forme longue de cette maladie qui l'avait clouée sur place en avril 2020 et empêché de poursuivre l'enquête. Elle n'était vraiment pas du genre à se laisser aller alors elle avait détesté ce virus qui avait pris possession de son corps et l'épuisait au point de n'être plus capable de sortir de chez elle pendant de très longues semaines.

Elle avait mis toute sa volonté à remonter la pente et en octobre 2020, guérie et prête à reprendre du service, elle avait appris qu'elle était remplacée à la PJ de Nantes et mutée dans l'est parisien. Les impératifs d'une organisation qui dans un souci de résultat, broie ses meilleurs éléments comme les autres. Elle s'était sentie désavouée, avec son équipe nantaise, ils s'étaient pourtant consacrés à résoudre l'affaire. Et puis, devoir quitter Nantes pour la région parisienne ne lui disait rien qui vaille. Pourtant, elle s'était exécutée, avait déménagé et assumé ses nouvelles fonctions avec autant de conviction que toujours.

Il ne se passait pas un jour sans qu'elle ne pense à cette affaire non-résolue, son premier et seul échec. Elle repensait aux différents protagonistes, tentant de mieux comprendre les liens qui les unissaient, cherchant ce qui pouvait avoir motivé le meurtre d'Alix.

Quand elle avait appris qu'un pôle spécialisé dans les Cold Case avait été créé, elle avait immédiatement postulé pour y être affectée. Elle avait d'excellents états de service et des chances d'être sélectionnée, elle connaissait sur le bout des doigts les arcanes de l'enquête criminelle, avait fait ses preuves et était désireuse d'approfondir ses connaissances techniques. Elle n'y pouvait rien si la COVID lui était tombée dessus l'empêchant de confondre le meurtrier d'Alix Hélias et c'était de l'histoire ancienne.

Elle avait rejoint le pôle en mars 2022 et depuis deux ans et demi, elle se rendait dans les bureaux de Nanterre avec le sentiment d'accomplir une mission de la plus haute importance, celle de ne pas laisser les auteurs de crimes s'en tirer à bon compte. Elle voulait qu'ils sachent que même des années plus tard, ils pouvaient encore être confondus et finir en prison. Elle pensait que la société le devait aux victimes et à leurs proches.

Maintenant habillée, elle avale un café fort et un petit pain au lait, sa petite douceur matinale, puis enfile prestement sa veste. Elle s'est réveillée trop tôt manquerait plus qu'elle arrive en retard à force de repenser à l'affaire Hélias ! Attrapant prestement sa sacoche et son casque, elle délaisse l'ascenseur et dévale les escaliers de son immeuble jusqu'au garage à vélos.

Juchée sur son vélo, elle remonte l'avenue de la Liberté et traverse le Parc André Malraux qui en ce début d'octobre, n'arbore pas encore ses couleurs automnales. Ce parcours, c'est sa bulle d'oxygène de la journée avant d'entrer dans les bureaux du Ministère de l'Intérieur situés de l'autre côté du Parc, juste à côté de la station du RER A Nanterre Préfecture.

Devant le distributeur de boissons du sixième étage, Julien attend que le gobelet de café se remplisse, en voyant arriver Alice, il en prépare un second.

- *Déjà à pied d'œuvre Julien ?*
- *Oui, ma petite dernière nous a réveillés avec un de ces cauchemars dont elle a le secret ! Il a fallu du temps pour la rassurer, après je n'ai pas réussi à me rendormir.*
- *Je compatis, je me suis aussi réveillée avant la sonnerie du réveil mais j'ai sûrement plus dormi que toi. Une petite montée d'adrénaline ? Nous ne devrions pas tarder à aboutir sur le dossier Robinson, possible que cela n'aide pas à dormir, tu ne crois pas ?*
- *Peut-être mais dans mon cas, les cauchemars de ma fille battent les poussées d'adrénaline à plate couture !*

Julien sourit à la jeune femme brune. Avec ses cheveux coupés courts, ses longues jambes et son allure juvénile, elle lui fait penser à une antilope toujours sur le qui-vive. Une boule d'énergie et de conviction, expérimentée, pertinente et futée avec ça. Il apprécie chaque jour un peu plus d'être en binôme avec elle. Comme le lui avait dit leur Directeur en ne plaisantant qu'à moitié, cela compenserait son côté grave et prudent et en somme, ils constitueraient un binôme équilibré.

Voilà des mois qu'ils travaillaient sur un cold case complexe comme d'ailleurs ils le sont tous. Un de ces dossiers retenus après discussion avec les parquets français, des avocats spécialisés, l'office central pour la répression des violences aux personnes, la cellule Diane de la gendarmerie et parfois même des familles de victimes. Si le pôle Cold Case pense qu'il peut apporter une plus-value, alors il sélectionne le dossier.

En l'espèce, il s'agissait d'une disparition inexpliquée vieille de six ans. Deux enfants de dix et onze ans n'étaient jamais rentrés chez eux après avoir passé l'après-midi au centre aéré de leur petite ville de la Somme. L'affaire avait fini par être classée sans suite mais les parents et leur comité de soutien étaient déterminés à ne pas abandonner tant qu'ils ne sauraient pas ce qu'il était advenu des deux garçons. Les premiers enquêteurs avaient établi que les enfants n'avaient pas fugué, ils n'avaient aucune raison de le faire, au contraire ils attendaient avec ferveur une excursion scolaire dans un parc animalier deux jours plus tard. Tout indiquait qu'ils avaient été enlevés. Les enquêteurs avaient suivi la seule piste qu'ils avaient, cela n'avait rien donné, alors à court d'indices matériels ils avaient fini par baisser les bras.

Le pôle Cold Case avait repris tout le dossier et depuis le début, relisant attentivement les rapports des policiers d'Amiens et enquêtant sur le terrain pour reprendre la seule piste étudiée à l'époque et en identifier de nouvelles. Dans cette affaire, leur chance était que les personnes interrogées à l'époque se souvenaient encore bien de la disparition des enfants. Ils s'étaient appuyés sur l'analyse comportementale mais aussi sur l'intelligence artificielle pour effectuer une analyse minutieuse des comportements des personnes mêlées de près ou de loin à l'affaire : la famille des enfants, les animateurs du centre aéré, des usagers de la route empruntée par les enfants pour rentrer chez eux, les quelques commerçants établis sur leur passage habituel.

Ils avaient fini par isoler un suspect, l'un des moniteurs du centre aéré avait déménagé et changé de région un peu moins d'un an après la disparition des garçons. Il y a environ mille disparitions inquiétantes d'enfants par an en France (hors fugues et enlèvements parentaux), fort heureusement les situations criminelles ne sont pas la majorité des cas. Dans la région des Ardennes où s'était installé l'animateur, un nouveau cas de disparition suspecte s'était produit quelques mois après son arrivée. Ils pensaient enfin tenir une piste sérieuse.

Ils devaient se rendre sur place prochainement pour mener les investigations habituelles comme interroger des témoins, effectuer des recoupements avec l'affaire d'Amiens, rouvrir des scellés et examiner de nouveau les traces génétiques.

Il est 19 h quand elle referme la porte du bureau et descend récupérer son vélo pour rentrer chez elle. Une pluie fine s'est mise à tomber, elle enfile un coupe-vent imperméable qu'elle laisse toujours dans la sacoche arrière. Elle sort du parking et s'arrête sous l'auvent du bâtiment pour répondre au texto de Léa reçu dans l'après-midi, il s'agit d'une invitation à dîner à la fin de la semaine suivante. Au début, fréquenter Léa l'embarrassait, elle comprenait son besoin de parler d'Alix Hélias, de savoir où en était l'enquête, mais elle ne pouvait pas lui révéler de détails et leurs conversations tournaient parfois un peu en rond. Pour des raisons différentes, elles avaient l'une comme l'autre un mal fou à se détacher de cette tragédie. Alice pensait qu'entretenir des liens ne les aiderait pas à tourner la page. Pourtant elle s'était vite habituée à leurs rencontres, elles essayaient bien de parler d'autre chose mais inexorablement elles revenaient à l'affaire, se repassaient la chronologie des événements, disséquaient les emplois du temps des différents suspects et leurs mobiles.

Léa avait vécu un moment chez Gabriel Le Carré qui l'avait prise en charge alors qu'elle sombrait. Puis quand elle avait eu la force de reprendre sa vie en mains, elle avait convaincu son mari Malo qu'ils devaient divorcer et était retournée vivre à Paris où sa mère l'avait accueillie jusqu'à ce qu'elle trouve un appartement à sa convenance. Léa avait peu à peu repris le cours de sa vie sociale plutôt animée, l'isolement n'était pas compatible avec son métier de photoreporter ni avec son milieu familial, mais il n'y avait guère qu'avec Alice qu'elle pouvait parler d'Alix sans devoir tout expliquer depuis le début. Léa avait vite senti qu'elle pouvait faire confiance à la jeune inspectrice.

Elles vivaient dans des mondes différents, Léa était une personnalité en vue, Alice était plutôt solitaire, tournée vers son métier d'enquêtrice. Alice était touchée par la souffrance de Léa qui ne parvenait pas à dépasser la mort d'Alix et depuis qu'elle était en poste en région parisienne elles se voyaient plus souvent.

Alice lui répond qu'elle se réjouit de dîner avec elle à la date convenue, toutefois elle sera en déplacement dans les Ardennes la semaine prochaine, alors si jamais il y avait un contretemps, elle la préviendrait le plus tôt possible.

Maintenant elle pédale à allure soutenue, se hâtant sous la pluie tout en se réjouissant de ce prochain dîner.

Le petit déjeuner à peine avalé, Alice a déjà allumé son ordinateur, elle vérifie sur Internet des informations qu'elle n'a pas eu le temps de traiter la veille au bureau. Avec Julien, ils partent lundi à Charleville-Mézières pour effectuer une enquête de voisinage et interroger les collègues de l'animateur suspecté qui ne sait pas encore que le filet se resserre autour de lui.

Zut, 11 h 30 déjà, elle s'était pourtant promis d'aller au marché ce samedi matin, mais elle a aussi une lessive à lancer, un rendez-vous à prendre chez le dentiste, ses parents à appeler et son sac à faire. Il faut qu'elle s'organise pour optimiser le peu de temps disponible qu'il lui reste avant son déplacement alors le marché passera à l'as pour cette fois.

En fin d'après-midi elle a bien avancé, la machine à laver lui a rendu son linge, le dentiste lui a donné un rendez-vous, ses parents qui vivent désormais à Pornic, petit port prisé des Nantais, ont enfin eu de ses nouvelles et son sac de voyage est presque prêt, alors elle décide que ce soir, elle lâchera son ordinateur pour aller faire un tour à Paris. Après tout c'est samedi soir, elle n'a pas envie de passer la soirée à regarder la télévision tout en pianotant sur son ordinateur. Elle se demande ce qui lui ferait plaisir ? Aucun film ne l'interpelle suffisamment en ce moment, pas envie d'aller au théâtre non plus, les dernières fois, elle n'était pas parvenue à cerner l'intention du metteur en scène et s'était ennuyée devant un spectacle qui ne lui avait procuré aucune émotion. Elle avait bien compris la démarche expérimentale du metteur en scène mais avait été rebutée par trop de froide abstraction.

Ce soir elle a besoin d'air et de se plonger dans la vie normale des gens qui contrairement aux enquêteurs de la Crim', ne pensent que rarement aux pires abominations criminelles dont sont capables les êtres humains. A Nanterre elle ne connaissait pas encore grand monde, à part Julien son collègue très accaparé par sa vie de famille et Mike son voisin de palier anglais et gay, alors quand elle n'avait pas rendez-vous avec Léa, ses sorties consistaient à marcher dans les quartiers de Paris, à l'affût de beautés architecturales et de belles lumières sur les édifices ou les quais de Seine. Elle aimait déambuler sans but précis et s'imprégner de l'ambiance village des différents quartiers. Avant de rentrer, il lui arrivait de s'arrêter dans un bar animé pour observer les autres vivre.

Ses amis Nantais lui ont conseillé de s'inscrire sur un site de rencontres mais elle hésite à franchir le pas, elle est à Nanterre pour le boulot, n'a guère de temps pour autre chose et d'ailleurs, elle ne sait plus vraiment ce qu'elle veut vivre au plan amoureux et sexuel. Rencontrer qui et pour faire quoi ? Des amis elle en a et ils lui suffisent. Le sexe ? Avec des inconnus, elle a rarement trouvé la situation confortable. Dans ses relations amoureuses elle recherche avant tout l'harmonie et complicité. La satisfaction sexuelle a aussi son importance bien sûr mais n'est pas une fin en soi, pour elle, ce n'est qu'un élément parmi d'autres de la relation. A l'âge de onze ans, Alice avait subi des attouchements de la part d'un coach sportif, elle avait résisté à ses assauts lorsqu'il avait tenté de la pénétrer et avait toujours pensé s'en être bien sortie, sans aucun traumatisme particulier. Pourtant, elle savait que ce n'était pas la meilleure des manières de découvrir la sexualité, cela pouvait expliquer son peu d'appétence pour la sexualité.

A dix-sept ans, lors d'un voyage scolaire, elle avait eu son premier rapport sexuel tout à fait consenti cette fois avec un camarade de classe, l'un comme l'autre s'étaient montrés attentifs et doux et elle avait trouvé l'acte plaisant. Depuis, elle avait vécu trois histoires amoureuses, avec deux hommes et une femme aussi, elle avait bien aimé mais aucune de ces relations n'avait duré ni ne lui avait beaucoup manqué une fois terminée. Elles auraient peut-être duré plus longtemps si ses partenaires n'avait pas insisté pour partager une vie commune et pour une sexualité plus intense. A chaque fois, elle avait fini par se détacher, préférant être seule. Elle s'était persuadée que si elle s'engageait dans une nouvelle histoire, cela recommencerait et qu'il lui faudrait rompre une fois de plus. Bien sûr la chaleur d'une relation intime lui manquait et elle se sentait parfois seule, mais tellement libre.

Peut-être était-elle asexuelle ? Comme toute femme de son âge, elle avait des désirs sexuels alors elle s'était procuré un jouet sexuel qui lui permettait de les satisfaire parfaitement toute seule. Ça ne valait sûrement pas un échange d'étreintes et de caresses mais c'était d'une puissance sans pareil pour atteindre l'orgasme. D'ailleurs à chaque fois qu'elle lisait un article qui prétendait qu'il fallait avoir tant de rapports sexuels par semaine pour être bien dans sa peau, elle fulminait convaincue que ce qui importait c'était plutôt d'atteindre l'orgasme et la décharge d'ocytocine qui en découlait.

Elle considérait que l'injonction aux rapports sexuels n'était qu'une manière de plus de rendre les femmes disponibles sexuellement. Un jour elle serait véritablement amoureuse, ce serait flagrant, irrésistible et elle le saurait.

En attendant elle avait une mission de la plus haute importance à mener à bien, empêcher le plus grand nombre possible de personnes toxiques de nuire impunément à l'humanité.

Alice maintenant poussée par le besoin de marcher à l'aventure dans Paris, chasse ses pensées, enfile son blouson, glisse sa carte *Navigo* dans une poche et claque la porte de chez elle.

D'un pas énergique, elle se dirige vers la station de RER Nanterre-Préfecture. Paris n'a qu'à bien se tenir, elle arrive !

Les deux enquêteurs sont rentrés la veille de Charleville-Mézières, ils sont satisfaits de leur travail, la mise en examen du suspect est imminente. Ils viennent de passer la journée à compléter le dossier des pièces manquantes aux différentes étapes de la procédure. La semaine prochaine, ils retourneront dans les Ardennes pour procéder à l'interpellation de l'homme placé en attenant sous étroite surveillance de la police locale.

Mais ce soir, Alice quitte les bureaux de Nanterre plus tôt que d'habitude, elle a rendez-vous à 20 h chez Léa, à Saint-Germain-Des-Prés. Elle passe chez elle en coup de vent avant de rejoindre sa station du RER A. Une trentaine de minutes de trajet plus tard, elle sort à la station Odéon, sur la ligne 4 du métro parisien, histoire de faire un peu de marche à pied et décompresser du bureau. Remontant la rue Jacob, elle mesure la chance qu'a Léa de résider dans ce quartier. Son métier de photoreporter et la vente de ses photographies lui garantissent un revenu substantiel, mais c'est surtout l'héritage que lui a laissé son père, un photographe mondialement connu, décédé cinq ans plus tôt, qui lui assure une situation plus que confortable.

Cela fera bientôt cinq ans qu'elles se sont rencontrées alors qu'Alice enquêtait sur l'assassinat d'Alix Hélias. L'année au cours de laquelle Alice était chargée de l'enquête, elles s'étaient vues de temps à autres, Léa voulait toujours savoir s'ils étaient près d'arrêter le meurtrier. Quand Alice avait été mutée dans l'est parisien sans être parvenue à résoudre l'affaire, leurs rencontres s'étaient espacées jusqu'à ce que Léa, une fois divorcée de son mari Malo, revienne vivre à Paris. Apprenant qu'Alice avait été mutée à Nanterre, elle avait repris contact avec elle en avril 2022 et depuis, elles se voyaient régulièrement. Elles avaient fini par dépasser le cadre formel de la relation entre une inspectrice de police et un proche de victime.

- *Je te ressers une coupe Alice ou nous passons à table ?*
- *Je te remercie, ce champagne est excellent mais il vaut mieux que je mange avant d'en boire plus, tu sais je ne tiens pas trop l'alcool.*
- *Alors passons à table ! Comme tu t'en doutes, il n'y a qu'à réchauffer les préparations de mon traiteur favori !*

Prenant place à table Alice sourit, Léa ne cuisine pour ainsi dire jamais, mais elle non plus n'est pas un cordon bleu.

Quelques instants plus tard, Léa dépose sur la table un appétissant assortiment de canapés brièvement passés au four. Le travail d'Alice l'intéresse vivement, d'autant plus que l'unité des cold cases pourrait être amenée un jour à reprendre l'enquête sur la mort d'Alix, alors elle ne manque jamais de l'interroger sur ses dossiers. Alice ne peut pas lui donner de détails, aucun nom ni lieu précis, tout est confidentiel alors elle se contente de lui raconter dans les grandes lignes, le type d'affaire sur lequel elle travaille.

- *Assez parlé de mon boulot, si tu me disais comment tu vas et quels sont tes projets ? Tu pars bientôt en reportage ?*
- *Je repars la semaine prochaine pour accompagner en Géorgie, un reporter du Nouveau Spectateur. Les élections législatives d'octobre provoquent de sérieuses tensions, les enjeux sont de taille tu t'en doutes, les*

ambitions européennes risquent d'être battues en brèche au profit d'un suivisme pro-russe. Il y a beaucoup de manifestations et j'aurai matière à rapporter d'intéressants clichés.

- Oui, j'ai suivi ça de loin, je sais seulement que la situation se crispe nettement. Ce sera tout de même un voyage moins risqué que le précédent !
- Tu m'étonnes, je t'avoue que j'ai pas mal flippé au Soudan ! La planète est à feu et à sang, ce ne sont pas les conflits à couvrir qui manquent mais je reconnais que certaines destinations sont plus risquées que d'autres.
- Je suis si prise par mon travail j'ai à peine le temps de suivre tout ça, difficile d'échapper aux événements en Ukraine et au Moyen-Orient, mais pour le reste il faudrait que tu me mettes à jour !
- Ça nous prendrait des heures ma belle, ce qui se passe au Soudan notamment est affreux, pourtant personne n'en parle ou si peu, pas de mobilisation, aucune solidarité internationale, à croire que si Israël n'est pas concerné, cela n'intéresse personne !

Interloquée par la remarque, Alice repose une mignardise de coquille Saint-Jacques sur son assiette.

- Tu crois ? Mais c'est la catastrophe dans la bande de Gaza, la riposte israélienne est sans pitié, je comprends que les massacres du 7 octobre 2023 ne peuvent rester impunis et qu'Israël veuille détruire l'arsenal du Hamas

pour éviter que cela se reproduise, mais il faudrait maintenant une solution politique.
- *Oui mais comment et surtout avec qui ? Une solution à deux états avec le Hamas aux commandes ? Ces terroristes islamistes sont financés par l'Iran, aux ordres des mollahs, ils ont juré la mort d'Israël, c'est quasiment leur raison d'être. Il faudrait que les Gazaouïs comprennent que le Hamas ne les mènera qu'à leur perte. Il les a appauvris en détournant les financements et l'aide internationale pour construire des tunnels et consolider sa force militaire ; il se fiche pas mal de ce qu'endure la population palestinienne. Si le Hamas avait libéré les otages israéliens, Netanyahou aurait eu plus de mal à justifier de tels bombardements.*

Tu imagines le traumatisme, dans un pays aussi petit que l'est Israël, plus de mille deux cents tués en une seule journée, des milliers de blessés, et deux-cent-cinquante et une personnes de tous âges dont des bébés enlevés comme otages ? Tu voudrais vivre avec de tels voisins toi ? Le Hamas a attaqué sans sommation des civils innocents au saut du lit le 7 octobre 2023 alors qu'Israël a quitté la bande de Gaza en 2005. Il s'attendait à quoi au juste ? A recevoir des fleurs et des remerciements ?

Alice se range aux arguments de Léa, elle se dit que n'importe quel pays attaqué par une force extérieure de manière aussi terrible riposterait brutalement, sans aucun état d'âme. Peut-être en demande-t-on beaucoup à Israël en effet ?

- *En effet vu comme ça... J'ai aussi vu que le Hamas a refusé plusieurs fois les deals pour la libération des otages ; pourtant Israël est prêt à relâcher des centaines de prisonniers palestiniens contre une poignée d'otages. Je te concède que tout ceci n'aide en rien à dénouer le conflit, mais Israël devrait maintenant épargner la population civile, les habitations et infrastructures. Je sais que c'est plus facile à dire qu'à faire, surtout quand les terroristes se cachent au milieu des civils... Mais tout de même... en outre, ils risquent de compromettre la vie des otages.*

Léa qui a effectué plusieurs reportages photographiques dans la région, la dernière fois en 2022, a constaté que des combattants du Hamas et d'autres milices islamistes opéraient au milieu de la population. Les pas-de-tir de lancement des roquettes notamment, étaient positionnés au fond des cours d'école.

- *Eh oui, ils sont toujours au milieu de la population, dans les écoles, les hôpitaux... Tu as vu que même l'UNRWA a été obligée d'admettre que certains de ses membres ont participé aux attaques du 7 octobre 2023 ?*
- *J'ai vaguement vu passer ça, même si tout le monde sait depuis un moment que les pays démocratiques ne sont plus majoritaires à l'ONU, c'est scandaleux. The United Nations Relief and Works Agency for Palestine Refugees a tout de même été établie par l'ONU.*

- C'est le moins qu'on puisse dire, l'Agence a fini par lui échapper et agir comme bon lui semble ; les pays occidentaux sont facilement bernés.
Après le 7 octobre 2023, en plus du Hamas et des différentes factions qui opèrent dans la bande de Gaza, le Hezbollah est aussi entré dans la danse et du sud Liban, il pilonne chaque jour Israël. Enfin les Houthis attaquent du Yémen en balançant quantités de missiles. Israël est cernée et isolée, à croire que l'opinion publique n'a jamais ouvert un atlas. C'est l'Iran qui est derrière tout ça, il a intérêt à ce que les accords en passe d'aboutir entre Israël et l'Arabie Saoudite ne voient jamais le jour.
- Je ne vois pas d'issue à cet éternel conflit, ce sera pire encore après les massacres du 7 octobre 2023, tout Israël est traumatisé. Le Hamas est bien diminué et le Hezbollah aussi avec son chef Nasrallah qui est tombé. Les observateurs internationaux craignaient un embrasement de la région mais les équilibres sont en train de s'inverser, tu ne crois pas ?
- Peut-être... Quand je pense à minuscule timbre-poste qu'est Israël au milieu de toute une région qui lui est plus ou moins hostile, je ne sais pas si on peut dire que les équilibres sont en sa faveur. Mais la population Gazaouï a assez souffert, c'est vrai et je suis d'accord avec toi, il est temps que cette guerre finisse. Et puis, Netanyahou a suffisamment utilisé cette guerre pour se maintenir au

pouvoir avec sa bande de corrompus. La question fondamentale reste avec qui les israéliens peuvent-ils négocier et faire la paix ? Il n'y a pas eu d'élections libres dans la bande de Gaza depuis le départ des israéliens et l'élection en 2006 du Hamas aux législatives.

Elles font un sort aux entrées, malheurs du monde ou pas, ils n'entament pas leur sérieux appétit ! Léa leur ressert à boire et enchaîne sur l'Ukraine, un pays pour lequel elle s'est prise d'affection après avoir accompagné plusieurs reporters de guerre en tant que photographe.

- *Quant à l'Ukraine, alors que la guerre s'éternise, de plus en plus d'engagés Ukrainiens meurent ou rentrent gravement mutilés et traumatisés. La Russie commet d'effroyables crimes de guerre en bombardant les habitations civiles, les hôpitaux, les ambulances, les gares et bien sûr toutes les infrastructures énergétiques, c'est monstrueux. Les villes de Kherson, Donetsk, Kharkiv, Dnipro et tant d'autres sont terriblement meurtries. Comment l'Ukraine sortira-t-elle de cette guerre que la Russie ne doit absolument pas gagner si nous voulons que ses voisins et toute l'Europe vive en sécurité ?*

Alice soupire, elle se sent impuissante devant l'état d'un monde qu'elle entrevoit soudain comme une multitude d'incendies à éteindre pour qu'il ne se disloque pas. Elle était tellement occupée à neutraliser les êtres les plus vils de l'espèce humaine qu'elle en avait oublié de se préoccuper de problèmes bien plus cruciaux encore. Elle songe que s'intéresser à la géopolitique est en ce moment terriblement anxiogène.

Pendant quelques instants, elle se taisent et mangent en silence. Dehors la nuit est tombée et les doubles vitrages masquent les bruits de la rue qui s'anime en contre-bas. Elles ont terminé l'entrée, Léa se lève pour aller dans la cuisine sortir un plat de poisson du four. Alice a tout le loisir d'examiner la décoration de l'appartement dont se dégage un sentiment de quiétude, plancher en chêne clair massif, imposantes bibliothèques et larges photographies encadrées. Son petit appartement mal agencé et peu meublé lui paraît tout à coup bien sommaire comparé à ce confort élégant.

- *Hum comme ça sent bon, je ne pensais pas avoir si faim, je vais encore trop manger comme à chaque fois que tu m'invites !*
- *Tu aurais tort de t'en priver et toi au moins tu peux manger tout ce que tu veux, athlétique et svelte comme tu es !*
- *Merci Léa, tu es très bien comme tu es toi aussi.*

Léa fait la moue, mais Alice le pense sincèrement. Léa porte agréablement ses rondeurs qu'encadre une abondante chevelure bouclée. Elle a maintenant cinquante-sept ans, en fait bien dix de moins.

Le repas terminé, elles s'installent confortablement au salon autour d'une boisson chaude, le temps file et Alice ne rentrera pas tard, elle veut éviter d'avoir à faire appel à un VTC.

Alice n'est pas retournée à Nantes depuis un moment, elle veut savoir si Léa a des nouvelles de Malo et de Gabriel, deux hommes qui étaient très présents dans la vie de Léa et pourraient avoir eu intérêt à éliminer Alix Hélias. Bien qu'elle n'était pas parvenue à le prouver, elle pressentait que l'un des deux hommes était le coupable.

- *Es-tu allée à Nantes récemment ? Tu as des nouvelles de Gabriel et de Malo ? Que deviennent-ils ?*
- *J'y ai passé un week-end le mois dernier et nous avons eu l'occasion de déjeuner ensemble Malo et moi, Arthur venu d'Angers pour la journée s'était joint à nous. Tu sais que grâce au stage qu'il avait effectué dans le cabinet d'avocats d'Alix, il a été reçu au CAPES et travaille dans un cabinet angevin.*

  Malo va mieux, il s'est bien remis de notre divorce, sa boîte d'informatique prospère et s'il s'est montré discret, j'ai compris qu'il avait rencontré une femme. Je ne sais pas si c'est sérieux ou pas, mais je suis contente pour lui qu'il ait tourné la page. Tu vois, si j'avais fini par comprendre que c'était Alix que j'aimais et la choisir... hélas trop tard... je n'ai jamais cessé de respecter Malo qui s'est toujours bien comporté avec moi. Je sais qu'il reste suspect à tes yeux, il avait en effet un mobile, mais je t'assure que Malo n'aurait jamais pu tuer Alix.
- *Léa, ce n'était peut-être pas un geste intentionnel mais un accident, et le plus souvent, le conjoint...*

Alice s'interrompt en voyant le regard de Léa. Celui qui a partagé sa vie pendant de longues années, a bercé leur fils, pris soin de leur famille, ne peut pas avoir tué Alix. Qu'il ait voulu l'écarter c'est une chose, mais la tuer non, c'est impossible.

- Je sais bien, mais pas Malo, il était persuadé de m'avoir convaincue de retourner vivre à Paris avec lui. Je t'ai déjà raconté qu'il avait mis ce projet au point comme un plan pour m'éloigner d'elle et que je m'étais laissée convaincre, puis j'ai soudainement changé d'avis et couru chez elle, mais il ne pouvait pas le savoir et elle était morte depuis la veille.
- Disons que ça semble le disculper, mais il y a tout de même un intervalle de deux heures dans son emploi du temps qu'il ne peut justifier. De toute façon, nous n'avons aucun élément matériel qui permette de le confondre. Il faudrait qu'il soit pris de remords, se confie ou se trahisse d'une manière ou d'une autre. Nous ne saurons peut-être jamais qui a tué Alix.
- Je connais Malo, ce n'est pas lui.
- Léa, on croit connaître les gens, mais sait-on vraiment de quoi ils sont capables ? Tu ne t'es jamais surprise à faire quelque chose que tu n'aurais jamais cru possible ?
- Déformation professionnelle Alice, c'est ton métier qui t'incite à penser ainsi.

Léa soupire et son regard se trouble comme si elle revivait les événements, à moins qu'elle ne repense à Alix ? Alice aimerait tant la réconforter, mais elle sait que rien ne l'apaisera tant qu'elle ne saura pas qui a tué Alix.

- *Si tu savais comme elle me manque, je ne peux m'enlever de la tête l'idée que si j'avais compris plus tôt à quel point je l'aimais, nous aurions été ensemble, elle n'aurait pas été tuée.*
- *Tu ne peux pas en être sûre... Et tu vis dans le souvenir de cet amour qui ne se confrontera jamais à la réalité du quotidien.*
- *Nous aurions été si heureuses...*

Alice touchée lui sourit, Léa qui peut être gauche, comme encombrée d'elle-même, est lumineuse quand elle évoque le souvenir d'Alix.

- *Et Gabriel, tu as vu Gabriel ?*
- *Oh oui, je ne peux pas aller à Nantes sans aller chez Gabriel, il ne me le pardonnerait pas ! Sans lui, je n'aurais pas remonté la pente, il m'a soutenue alors que j'étais en vrac et je lui dois beaucoup.*

Alice songe qu'à l'époque, Gabriel avait opportunément orienté les enquêteurs sur la piste de Malo, pourtant un de ses plus proches amis. Pour quelles raisons ? Aimait-il secrètement Léa et voulait-il écarter Malo ? Après avoir tué Alix par jalousie ?

- *Tu le sais Gabriel a chargé Malo à l'époque, tu ne trouves pas cela douteux ?*
- *Gabriel a toujours été protecteur avec moi, peut-être ses sentiments étaient-ils plus ambigus qu'il ne l'aurait voulu ?*

- *Ce n'est tout de même pas très noble comme comportement ! Vous étiez ses amis non ? Et comment va-t-il aujourd'hui ? Toujours célibataire ?*
- *Je ne vais pas te donner de détails mais je peux te dire qu'il peut cacher ses sentiments. Le Gabriel extraverti, fantasque et mondain dont raffole le gratin Nantais a aussi des côtés sombres et des secrets. Célibataire ? Comme toujours, il a sûrement des aventures, hommes comme femmes, mais s'il avait une relation suivie, il me l'aurait dit. Il est très attaché à moi mais il sait que je ne suis disponible pour personne, je pense toujours à Alix. Il se satisfait de notre amitié et cela me convient.*
- *C'est bien intriguant. Mais nous ne sommes pas plus avancées. Il est tard, je vais rentrer Léa. A mon tour de t'inviter la prochaine fois, nous pourrions aller dîner dans un endroit qui te plait ?*

Léa approuve et la raccompagne à la porte. Avant de sortir Alice l'embrasse et lui souffle à l'oreille qu'un jour elles l'auront, la mort d'Alix ne peut rester impunie, une femme aussi exceptionnelle qu'elle mérite que l'on confonde son assassin.

Léa débarrasse le plus gros des restes du repas, ça tombe bien demain c'est le jour de passage de sa femme de ménage. Elle ne se couche pas tout de suite, elle choisit un CD d'une célèbre pianiste dont elle raffole du jeu expressif. En sa compagnie elle va retrouver Alix, toutes les deux seules hors du temps. Elle dérive lentement, retrouve le regard transparent d'Alix et y plonge, se blottit contre elle, respire son odeur là juste à la naissance des cheveux et le visage baigné de larmes, chavire dans une autre dimension.

Le disque s'est arrêté, elle émerge de sa rêverie et songe que les rencontres avec Alice lui sont précieuses, elles font renaître Alix. La jeune enquêtrice est aussi désireuse qu'elle de faire tomber l'assassin d'Alix, elles veulent toutes deux lever le voile sur les raisons de sa mort. Le coupable doit payer. Léa le sait, ne pas avoir résolu l'affaire est un échec cuisant pour Alice, elle est tenace et particulièrement douée, si elle en a l'occasion elle ira au bout. Elle s'attache de plus en plus à la jeune femme décidée et droite, impliquée dans son travail comme aussi l'était Alix.

Il y a des gens comme ça qui à eux-seuls rachètent toutes les vacuités et turpides du genre humain. Elle se dit qu'elle a une chance invraisemblable d'en avoir croisé au moins deux, elle fera tout en être digne et garder l'amitié d'Alice. Elle a perdu Alix, mais elle ne la perdra pas elle.

Léa trouve la force de se lever de son canapé et va se coucher, hébétée par les larmes qu'elle vient de verser et le manque d'Alix qui lui serre le cœur.

Julien esquisse quelques pas de danse avant de pousser la porte du restaurant thaï et de la retenir pour laisser sa collègue passer devant lui.

- *C'est dans la boîte ! Il est fait comme le rat qu'il est ! Un de moins qui vivra sa petite vie peinard comme si de rien n'était !*

On ne l'arrête plus, Julien est heureux. Ils ont travaillé avec méthode et acharnement et cela a payé, le ravisseur des deux garçons disparus dans les Ardennes est arrêté, mis en examen. Confondu par des preuves incontestables, il a fini par avouer aux enquêteurs qu'il avait bien enlevé les enfants ; en revanche, il prétend les avoir séquestrés vingt-quatre-heures puis les avoir déposés sur une aire d'autoroute. Les enquêteurs en doutent et vont maintenant devoir établir précisément comment le ravisseur s'est débarrassé de leurs corps.

Pour marquer une avancée déterminante dans cette enquête Alice et Julien s'offrent un déjeuner à l'extérieur, le restaurant d'entreprise se passera d'eux aujourd'hui.

- *Tu as raison Julien, réjouissons-nous d'avoir bien avancé. Espérons que nous découvrirons sans tarder ce qu'il a fait des corps des garçons. Sans corps cela va être difficile d'obtenir une condamnation pour meurtre. Ce type est tellement retors, il respire l'embrouille et je ne crois pas une minute à son histoire, il ne les a pas déposés sur une aire d'autoroute, leurs familles auraient eu de leurs nouvelles depuis longtemps si cela avait été le cas.*

Julien grimace, il n'a pas le visage viril et tourmenté que l'on prête aux enquêteurs chevronnés dans l'imaginaire collectif, mais d'un coup son regard clair s'est assombri et ses traits se sont durcis.

- *Moi non plus je n'y crois pas. Ce type est une anguille, il me fait froid dans le dos, quand je pense que mes gosses pourraient tomber sur une pareille ordure.*
- *Il finira par céder, ce n'est plus qu'une question de jours j'en suis certaine. Parlons un peu d'autre chose. A ton avis, qui de Trump ou de Kamal Harris sera élu président des États-Unis ?*
- *Je parie pour Harris, Trump a quasiment mené une insurrection avec ses partisans lâchés sur le Capitol, il est tout de même sous la menace d'une condamnation judiciaire, il est misogyne, il change d'avis constamment, il n'est pas du tout fiable, il semble même être psychologiquement instable. Il fait peur à une majorité d'électeurs américains, ce ne sont pas tous des rednecks bas du front quand même !*
- *Oui mais beaucoup d'américains, même dans l'électorat traditionnellement démocrate, ne pardonnent pas aux élus démocrates de ne pas avoir résisté à un wokisme agressif qui va jusqu'à revendiquer l'abolition des forces de l'ordre ou encore des transitions de genre pour tous. Ils saturent aussi de l'entre-soi élitiste et tellement people démocrate. Et puis Biden s'est désisté bien trop tard, quel ego de s'être ainsi maintenu au pouvoir ! Mais*

surtout, les questions de l'inflation et l'immigration seront déterminantes et peuvent faire pencher la balance vers Trump.

- Tes arguments sont solides. Il ne faut pas oublier non plus qu'il va y avoir beaucoup de désinformation lancée par des pays hostiles comme la Russie, pour décrédibiliser Harris. Toutes nos démocraties sont désormais victimes de ces pratiques.

Julien rit et fait judicieusement machine arrière.

- Bon, je crois bien que je vais retirer mon pari, nous verrons bien. Ce sera serré je pense. Nous avons bien assez de sujets d'inquiétude chez nous, la parenthèse enchantée des Jeux Olympiques est déjà derrière nous. Tu crois que le gouvernement Barnier va durer longtemps toi ?

Alice essaye d'y voir clair, la France a besoin d'un gouvernement, les affaires ne peuvent souffrir trop longtemps d'un manque de décisions qui serait fatal au pays. Tous les responsables politiques le savent. Oui mais, seront-ils raisonnables et responsables pour autant ? Elle doit bien l'admettre, la réponse est non. Elle soupire et décroise ses longues jambes.

- Non, le Nouveau Front Populaire et le Rassemblement National vont continuer de revendiquer la victoire et de réclamer le désistement d'Emmanuel Macron. Le NPF est peut-être arrivé en tête en nombre de sièges mais

pas de voix, il n'a que 193 députés soit un tiers des sièges. C'est très loin de constituer une majorité, ne serait-ce que relative et c'est une des prérogatives du Président de nommer le Premier Ministre, dans ces conditions je ne vois vraiment pas pourquoi ils imaginent qu'il devrait être issu de leurs rangs ?
- *Il y a eu des précédents lors de cohabitations...*
- *Oui mais l'ambiance politique était tout autre, aujourd'hui on dirait bien que la France est devenue ingouvernable, les oppositions ressemblent de plus en plus à des extrêmes jusqu'au-boutistes et suicidaires, le populisme gagne du terrain et on se demande quel responsable politique pense vraiment aux intérêts de notre pays. Je sature et je comprends que tant de nos concitoyens se protègent en se désintéressant de la politique. C'est épuisant.*

Tout en savourant son thé, Julien affiche une petite moue qui signifie qu'il désapprouve.

- *Oui, mais c'est là que réside le danger. Si tu ne t'occupes pas de la politique, elle s'occupera de toi ; mon grand-père le répétait sans cesse, à l'époque cela me faisait rire mais j'en suis désormais convaincu.*
- *Ouais, j'espère seulement que nous parviendrons à tenir les extrêmes populistes hors d'état de nuire et qu'elles ne prendront jamais le pouvoir ; personnellement je me*

contenterais bien d'un gouvernement modéré et bon gestionnaire, un moindre mal quoi.
- *Tu sais, gauche modérée, centre ou droite modérée, du moment qu'ils gouvernent dans l'intérêt du pays et si possible en bonne intelligence, moi ça me va. Mes idéaux de jeunesse sont loin derrière, le monde a tellement changé et tout va si vite...*
- *C'est vrai. Personnellement, je n'ai pas eu à abandonner de naïfs idéaux, j'ai toujours été pragmatique, les idéologies m'ont toujours assommée. Et puis j'ai d'autres priorités comme défendre nos valeurs républicaines, les Droits Humains dont les droits des femmes et des enfants, la laïcité et surtout veiller dans la mesure de mes moyens à la sauvegarde de nos concitoyens. Évidemment, il y a des partis politiques dont le programme pourrait mettre en péril ces missions, ce qui m'oblige à m'intéresser à la politique, mais sinon...*
- *Je comprends, au fond nous ne sommes pas si différents. Allez, on y retourne ?*

Ils se lèvent de concert et se dirigent vers le comptoir pour régler la note, satisfaits de leur repas et du moment de complicité passé ensemble. Dans leur boulot, bien s'entendre aide aussi à obtenir de bons résultats.

Ce dimanche matin elle avait ouvert ses volets sur un ciel chargé de pluie. Ce mois d'octobre était bien parti pour établir un record de déficit de soleil. Elle n'avait aucune envie d'arpenter Paris par ce temps maussade.

Si elle avait été à Nantes, elle aurait certainement retrouvé des amis pour un brunch prolongé ou rejoint les membres de l'ensemble vocal dont elle faisait alors partie, pour une répétition. Nantes lui manquait, ramer sur l'Erdre, randonner dans le vignoble, nager sur la côte, les sorties en vélo ou les quelques heures de vol qu'elle s'offrait de temps en temps à l'aéro-club de Bouguenais en proche banlieue nantaise…, la vie lui semblait plus compliquée et plus terne en région parisienne. Ne serait-ce que pour en sortir, il fallait un temps fou. L'image d'une gigantesque toile d'araignée emprisonnant les franciliens s'imposait parfois à elle.

L'année qui avait suivi l'obtention de son permis de conduire, elle avait décroché sa licence de pilote d'avion léger ou LAPL qui l'autorisait à embarquer un maximum de trois passagers. Nombre de ses amis en avaient profité. Il n'y avait évidemment pas d'aéro-club dans les Hauts de Seine, il lui fallait prendre des transports pour l'Essonne ou les Yvelines et réserver très à l'avance. Depuis qu'elle vivait à Nanterre, elle n'avait volé qu'une seule fois, prise d'un besoin irrésistible de s'arracher des tentacules inextricables de la mégalopole de douze millions d'habitants et aussi pour ne pas perdre la main. Heureusement, elle adorait son travail et ne l'aurait quitté pour rien au monde. Pour lui, elle acceptait un mode de vie qu'elle n'aurait sinon jamais choisi.

Pour l'instant sa vie à Nanterre n'était pas très excitante, peut-être pouvait-elle essayer de l'améliorer ?

La pluie n'allait pas cesser de la journée, il était inutile d'attendre plus longtemps, toute sortie semblait compromise. Elle se décida à allumer son ordinateur, se demandant s'il n'était pas temps de s'inscrire sur l'un de ces fameux sites de rencontre recommandés par ses amis. Une heure plus tard, elle y renonçait, débordée par la profusion de profils qui bien entendu, se présentaient tous sous leur meilleur jour. Qui étaient vraiment tous ces gens et que recherchaient-ils ? Elle était bien placée pour savoir qu'entre les apparences et la réalité, sans même parler de secrets enfouis, il pouvait y avoir tout un monde. Il faut fréquenter longtemps les gens pour les percer un peu à jour. Et elle, que voulait-elle au juste, se distraire ou construire et avec qui ? Comment devait-elle se présenter ? Son travail ne serait-t-il pas un obstacle ?

Découragée elle referma l'ordinateur et sortit un carnet de dessin d'un tiroir. Depuis l'enfance elle aimait dessiner, il lui arrivait souvent de réaliser une ébauche de bande dessinée pour illustrer ses enquêtes, juste quelques croquis esquissés au crayon noir. Maintenant feuilletant le carnet, elle s'étonnait de trouver que ses desseins sont plutôt réussis et si elle se lançait vraiment dans la réalisation d'une Bande Dessinée ? Elle ralluma l'ordinateur pour voir si étaient proposés des cours de dessin consacrés à l'élaboration d'une BD et constata qu'il y a bien des cours pour amateurs comme elle. Si elle devait rester à Nanterre des années, elle pourrait mener à bien un projet de BD une fois les techniques de base maîtrisées. Imaginer et construire un récit ne lui posait pas de problème, en revanche elle avait tout à apprendre en matière de réalisation. A la fin de la matinée, elle avait choisi un cours qui promettait une solide et rapide progression.

L'après-midi l'envie de faire quelques s'imposant, elle se rendit au cinéma à pied, armée d'un solide parapluie. Elle ne supportait pas d'être emprisonnée au milieu d'une rangée alors comme à son habitude, elle s'assit sur le premier siège le long de l'allée et laissant ses longues jambes dépasser sur le côté, elle finit par se laisser absorber par le film.

Plongée dans un dossier depuis déjà deux heures, Alice sent ses yeux fatiguer à force de scruter l'écran, elle lève la tête, ferme les yeux et en les rouvrant, croise le regard d'une collègue qui dans le couloir sort de l'ascenseur. Leurs regards s'accrochent et pendant un court instant le temps est comme suspendu. Ambre est arrivée dans le service le mois dernier, Alice ne sait rien d'elle sauf qu'elle a tout juste trente ans et beaucoup d'ambition. Ambre passe maintenant devant le bureau d'Alice, les yeux baissés, un air troublé sur le visage. Alice sourit bien qu'elle ne sache pas trop pourquoi, ni si elle est gênée ou touchée par l'embarras de sa jeune collègue.

Malgré la porte fermée, le brouhaha des allers-venues de la centaine d'enquêteurs que compte la brigade, le cliquetis des photocopieurs et les sonneries de téléphone lui parviennent à peine étouffés. Elle a désormais bien en tête un des nouveaux dossiers qui leur a été attribué. En le consultant, ils ont trouvé la déposition d'un témoin de l'époque confuse et contradictoire, Julien est allé l'interroger chez lui et doit en profiter pour récupérer une pièce que la gendarmerie locale avait fini par retrouver. Si son train n'avait pas de retard, il ne tarderait plus à arriver. Son portable se mit à vibrer, c'était Julien, il était dans le RER et serait au bureau dans 15 minutes, elle avait le temps de se prendre un café au distributeur.

A peine Julien a-t-il eu le temps de saluer Alice, d'accrocher son manteau et de poser sa sacoche que leur supérieur hiérarchique les appelait pour leur signifier qu'il les attendait dès que possible dans son bureau.

Le commissaire général a été bref, Alice et Julien sont missionnés sur l'affaire non résolue du meurtre d'Alix Hélias, l'avocate nantaise retrouvée morte à son domicile cinq ans plus tôt en septembre 2019. Ils doivent reprendre toute l'affaire du début, avec un regard nouveau et en s'appuyant sur les progrès scientifiques réalisés depuis. Les policiers de Nantes sont prévenus, ils les assisteront au mieux. Alice travaillera à Nantes et disposera d'un bureau dans les locaux du commissariat central. Julien lui, restera à Nanterre où il travaillera également sur d'autres affaires, ils seront en liaison permanente pour éviter à Alice des allers-retours entre Loire Atlantique et région parisienne. Le Commissaire a indiqué à sa subordonnée qu'il n'ignorait pas qu'elle connaissait cette affaire mieux que quiconque, aussi devrait-elle oublier les certitudes qu'elle avait eues à l'époque pour réexaminer toute l'affaire d'un œil neuf. Ils devaient fonctionner en binôme, confrontant leurs analyses et points de vue avant d'écarter ou à l'inverse d'approfondir toute piste.

Alors qu'elle avait été traversée par des émotions contraires pendant tout l'entretien, Alice avait affiché un calme imperturbable. Jusqu'ici, à chaque fois qu'elle avait repensé à cette affaire, elle avait dû repousser le sentiment de frustration qui l'assaillait. Pouvait-il y avoir de plus grand échec que celui de n'être pas parvenue à arrêter le coupable du meurtre d'une femme qu'elle avait grandement estimé ? Et voici qu'une seconde chance lui était offerte, c'était tellement inespéré. Elle ne désirait rien plus que de se replonger dans l'enquête, pour Alix Hélias et aussi pour Léa. Elle avait envie de l'appeler pour lui dire que rien n'était perdu, qu'ils allaient reprendre l'enquête. Mais elle avait réprimé ses émotions pour se concentrer sur les consignes du Commissaire, ce n'était pas son enquête mais celle de l'équipe des Cold Cases et elle serait en duo avec Julien. Elle avait vite retrouvé les réflexes professionnels qui faisaient d'elle une si bonne enquêtrice.

En sortant du bureau de leur supérieur, Julien qui savait combien Alice était hantée par l'affaire Hélias, lui demanda immédiatement comment elle se sentait.

- *Tu ne t'attendais sûrement pas à ça ? Tu le vis comment ?*
- *Bien, j'ai eu un moment de flottement, forcément beaucoup de choses sont remontées d'un coup mais je suis parvenue à juguler mes émotions. C'est un nouveau dossier cold case et l'équipe le mènera à bien comme d'habitude. Nous faisons du bon boulot ensemble et ce sera pareil pour ce cas.*

Julien hocha la tête de contentement.

- *Je n'en attendais pas moins de toi, tu ne me déçois jamais.*
- *Encore heureux ! Allez au boulot, il nous faut mettre au point un plan d'action et établir un mode de fonctionnement pour les premières semaines de travail.*

Le trottoir est trempé et les feuilles commencent à tomber, Alice songe que ce n'est encore que la fin du mois d'octobre, c'est trop tôt. Il est vrai que la veille, un vent tempétueux a dépouillé les arbres d'une bonne partie de leur feuillage. Elle a passé la journée à organiser son espace de travail dans les bureaux du commissariat central de Nantes, place Waldeck Rousseau. Une réunion de coordination est prévue le lendemain à la première heure, avec les collègues de Nantes qui les assisteront dans la réouverture de l'enquête. Elle y retrouvera avec plaisir les lieutenants Yann Moreau et Caroline Le Goff avec lesquels elle a déjà fait équipe.

Alice est logée dans un appart-hôtel proche de la Cité des Congrès, presque en face du Lieu Unique (LU), l'ancien bâtiment de la fameuse biscuiterie transformé en centre culturel et bar-restaurant.

Quand elle habitait Nantes, elle résidait près du Parc de Procé et ne connaît pas bien le quartier du Champs de mars, ce sera une occasion de le découvrir. Entre l'hôtel et le commissariat, il ne faut pas plus d'une trentaine de minutes à pieds en marchant vite. Elle aime changer d'itinéraire pour traverser la ville et voir les lieux qu'elle connaît par cœur, les bords de l'Erdre, l'Île de Versailles et son insolite jardin japonais, le beau Musée des Arts ou l'incontournable Jardin des plantes.

Fait du hasard, l'appart-hôtel se trouve dans le quartier où résidait Alix Hélias, sa maison était à deux pas, juste après la Maison de quartier. Le jour de son arrivée Alice était passée devant, s'arrêtant sur le trottoir pendant de longues minutes et ne se décidant à partir que lorsqu'un couple avait ouvert la porte. Ils avaient peut-être acheté la maison ? Elle ne leur avait pas parlé, à quoi bon, savaient-ils seulement ce qui s'était produit ici ? Avaient-ils entendu parler de l'avocate féministe

Alix Hélias ? Le cœur serré, elle n'était pas immédiatement rentrée à l'hôtel, elle avait rejoint les quais de Loire tout près et les avaient longés dans le soleil couchant.

Ce soir, Alice ferme la porte de sa chambre avec l'envie d'en ressortir aussitôt. La petite kitchenette sans fenêtre à l'entrée de la chambre lui donne le cafard, elle ne s'en servira pas beaucoup sauf pour le petit déjeuner puisqu'elle a du mal à mettre un pied dehors sans avoir au moins bu un café.

Elle ressort et s'oriente vers l'hyper centre tout proche où elle dînera avant de rentrer dormir à l'hôtel. Avec un peu de chance, elle tombera sur des copains ou connaissances dans une crêperie ou un restaurant du quartier animé du Bouffay.

Depuis un moment Camille fait les cent pas dans son salon, n'y tenant plus elle appelle Léa pensant lui laisser un message. Elle est surprise, ce n'est pas dans ses habitudes, Léa décroche immédiatement.

- *Comment vas-tu ma belle ? Tu as de la chance, je sors juste d'une réunion au magazine !*
- *Je ne pensais pas que tu décrocherais, je vais bien mais il fallait que je te parle. Imagine-toi que je viens d'être contactée par l'inspectrice qui était chargée de l'enquête sur le meurtre d'Alix. Tu savais que l'enquête était ré-ouverte ?*
- *Oui, j'aurais dû t'appeler mais je n'en ai pas eu le temps, Alice m'a prévenue la semaine dernière. Elle travaille maintenant au pôle Cold Cases à Nanterre et l'affaire lui a été confiée. Depuis qu'elle a été mutée à Nanterre nous nous voyons régulièrement, elle tient tellement à résoudre le mystère de la mort d'Alix.*
- *Elle m'était apparue compétente à l'époque. Comment as-tu pris cette nouvelle ? Tu es bouleversée j'imagine ?*
- *Bien sûr, il n'y a pas une journée où je ne pense à Alix, savoir que l'enquête est relancée me replonge dans notre histoire et dans ma culpabilité, tu t'en doutes.*
- *Tu n'as rien à te reprocher, tu le sais nous en avons déjà parlé…*
- *Si j'avais accepté mon amour pour elle plus tôt, elle n'aurait pas été seule le jour où elle est morte…*

- *Mais Léa, elle est morte dans l'après-midi et rien ne dit que tu n'aurais pas été en rendez-vous professionnel à cette heure-là.*
- *Elle n'aurait pas dû être chez elle, elle allait mal à cause de moi, c'est pour cette raison qu'elle ne travaillait pas.*
- *C'était l'été, elle n'était pas en période de vacances ?*
- *De toute façon tout est de ma faute, je suis certaine que sa mort est liée à notre histoire...*

Camille soupire, elle pense que Léa devrait voir quelqu'un pour parvenir à dépasser sa culpabilité.

- *Camille je dois y aller, je viens à Nantes dans dix jours, nous en reparlerons, ne t'inquiète pas pour moi et sens-toi libre de raconter à Alice tout ce dont tu te souviens, tout peut lui être utile. Je t'embrasse fort et à très bientôt.*

Camille raccroche et regarde pensivement par la fenêtre mais aujourd'hui les maisons colorées du village de pêcheurs de Trentemoult peuvent bien lui faire du charme, plongée dans ses souvenirs, elle les distingue à peine.

Elle repense à cet amour inattendu entre son amie Léa et l'avocate féministe Alix Hélias, à l'étrange façon qu'avait d'abord eu Léa de repousser Alix, puis à ses hésitations et enfin aux conséquences pour le couple qu'elle formait avec Malo.

Elle se revoit aussi discuter avec Alix qu'elle avait choisie comme avocate pour la défendre contre l'homme qui l'avait agressée une nuit alors qu'elle rentrait de soirée. Elles étaient rapidement devenues proches.

Alix, d'une manière ou d'une autre était liée à chacun d'entre eux, après sa mort, plus rien n'avait été pareil dans leur petit groupe d'amis.

Mais il était temps qu'elle se ressaisisse, elle avait promis à son compagnon Jérémy de le rejoindre au théâtre pour dîner avant la représentation de ce soir et ce n'était pas tout près.

Quelques minutes plus tard, elle enfourchait son vélo et descendait la butte Sainte-Anne en direction du théâtre scène nationale.

Jérémy qui avait fermé son magasin de cycles pile à l'heure, était passé se rafraîchir à l'étage puis n'avait mis qu'une dizaine de minutes en vélo, pour arriver au Théâtre. Il s'était attablé et attendait Camille en lisant un dépliant sur la représentation remis à l'entrée.

Dès qu'elle était entrée dans le hall, il l'avait sentie préoccupée. Il la connaissait bien sa guerrière féministe, sans ne s'être jamais rien promis, ils étaient ensemble depuis six ans !

- Coucou mon chat, tu es là depuis longtemps ?
- J'ai fermé à l'heure pour une fois, pas vraiment débordé par les clients aujourd'hui, j'ai réparé quelques machines, et vendu quelques accessoires... Nous n'avons pas trop le temps de traîner, j'ai déjà commandé deux pastilla au poisson, ça te va j'espère ?
- C'est parfait, je suis affamée, j'ai passé la journée au téléphone à négocier des contrats pour mes derniers protégés, je ne me suis arrêtée que 10 minutes pour grignoter ce midi.
- Et c'est ça qui te donne cet air inquiet ?

Camille sourit, il est si intuitif, elle a beau le savoir, cela ne manque jamais de l'émouvoir.

- Tu te souviens de la Capitaine Alice Mahé, l'inspectrice en charge de la mort d'Alix ?
- Oui bien sûr, pourquoi ?
- Elle est à Nantes, l'enquête est rouverte et j'ai eu Léa en ligne...
- Je comprends mieux ! Il y a du nouveau ?

- *Je n'en sais pas plus pour l'instant, seulement qu'elle veut me voir. Si j'ai bien compris ce que m'a dit Léa, c'est le service des cold cases où elle travaille désormais qui a mis ce dossier sur le dessus de la pile.*
- *Je vois, j'avais lu des articles dans la presse sur ce service qui se donne les moyens de reprendre les enquêtes du début, grâce aux progrès technologiques et scientifiques ils parviennent à résoudre pas mal de dossiers laissés en souffrance.*
  Évidement cela te touche, tu t'étais attachée à Alix Hélias, elle était pour toi bien plus que ton avocate, presque une amie et d'ailleurs, je l'appréciais également. Tu te souviens, je l'avais invitée à ta fête d'anniversaire ? Bon sang, Léa doit être dans tous ses états ! Tu crois que Malo et Gabriel sont au courant ? Ils seront certainement convoqués eux aussi.
- *Je ne sais pas s'ils ont été contactés, comme toi je n'ai pas vu Malo depuis le mois dernier, nous devions l'appeler d'ailleurs, quant à Gabriel, je l'ai croisé brièvement la semaine dernière, il ne m'a rien dit sur l'enquête.*
- *Il ne dit jamais rien sur l'enquête. Tu sais ce que j'en pense. J'aimerais assez pouvoir lire dans la tête de Gabriel…*

Camille soupire, Jérémy se penche et lui dépose doucement un baiser dans le cou. Réconfortée, elle n'a plus envie de penser à tout ça, seulement de profiter pleinement de la soirée.

Autour d'eux, un brouhahas monte dans la salle de restaurant ouverte sur le grand hall de circulation, la représentation ne va plus tarder à commencer, un peu plus loin des spectateurs se pressent de plus en plus nombreux devant les entrées.

Ils se dépêchent de terminer leur repas avant que ne retentisse la sonnerie d'entrée en salle.

Il y avait beaucoup d'effervescence au commissariat ces jours-ci. Un assistant familial bien connu du monde associatif LGBT et des milieux politique nantais était impliqué dans une sordide affaire de viol avec torture d'une enfant handicapée âgée de quatre ans. L'homme était un ancien candidat de la France Insoumise, sa mise en examen pour agressions sexuelles, actes de barbarie et diffusions d'images pédopornographiques faisait grand bruit dans les médias et toute la ville était en émoi.

Alice avait profité que tout le monde s'agitait autour d'elle pour aménager une pièce qui jusqu'alors servait un peu de fourre-tout, elle l'avait débarrassée de poussiéreux objets en tous genres, elle avait tout remisé dans un réduit aveugle. L'unique fenêtre de la pièce donnait sur les quais de l'Erdre et adoucissait la lumière crue du néon central. Alice avait placardé aux murs quelques affiches qui traînaient dans un carton, elle avait aussi apporté deux plantes vertes, puis décrété que cela serait parfait pour y travailler comme pour y mener des auditions quand la salle ad hoc serait occupée.

La réunion de coordination avec la police locale lui avait apporté toute satisfaction. Ses anciens subordonnés, les lieutenants Yann Moreau et Caroline Le Goff avaient eu du mal à masquer leur satisfaction, ils étaient ravis de reprendre l'affaire Hélias autant que de retravailler avec elle. Tous deux avaient été désignés pour lui apporter l'aide dont elle pourrait avoir besoin, ils connaissaient cette affaire sur le bout des doigts.

Maintenant les meilleures conditions possibles étaient réunies pour résoudre cette mystérieuse affaire, il ne restait plus qu'à s'y mettre. D'ailleurs, il était temps qu'elle briefe Julien et qu'ils déroulent leur plan. Elle se leva pour refermer la fenêtre, les odeurs de renfermé n'allaient pas disparaître de sitôt mais il était inutile d'attraper froid. Elle étendit ses longues jambes sous le bureau et composa le numéro de son collègue.

A l'issue de leur long échange téléphonique, ils avaient décidé de réentendre tous les protagonistes de l'époque, de procéder à une nouvelle enquête de voisinage et de réexaminer les éléments de preuve qui figuraient au dossier, notamment l'empreinte de pas partiel relevée sur le sol de la cuisine. Ils espéraient que les scellés avaient été bien conservés, ils savaient par expérience que ce n'était pas toujours le cas.

Ils s'étaient réparti les tâches. A Nantes, Alice se chargerait des auditions, de préférence en présence d'un collègue pour multiplier les chances de repérer une anomalie ou un oubli dans le discours des personnes entendues. Les enregistrements des auditions seraient ensuite analysés avec Julien qui avait un regard neuf sur l'affaire. Alice convoquerait Malo Le Bris et Gabriel le Carré au Commissariat pour conférer un caractère formel aux entretiens, en revanche, elle verrait Camille, Jérémy et Ariane dans un cadre plus informel, chez eux ou dans un lieu public, pour faciliter la survenance d'informations qui auraient pu leur paraître insignifiantes à l'époque. A Paris, Julien se chargerait de la liaison avec les magistrats de l'Unité d'Analyse Criminelle et d'Analyse Comportementale Des Affaires complexes et solliciterait leur psycho-criminologue. Il consulterait autant d'experts qu'il le faudrait, en criminalistique, en analyse comportementale et bien sûr des spécialistes en nouvelles technologies.

La machine était en marche et cette fois, il était hors de question de laisser le coupable s'en tirer ou alors autant changer de métier, avait conclu Alice, le plus sérieusement du monde.

Sifflotant une chanson de son rockeur préféré dont il a gardé plusieurs vinyles achetés dans sa jeunesse, Gabriel quitte les bureaux de son entreprise de conseil en développement durable et se prépare à affronter les embouteillages du périphérique Nantais. A vol d'oiseau il est vraiment tout près de chez lui, mais hélas, il lui faut emprunter une portion du boulevard extérieur où la circulation est d'année en année toujours plus dense et chaotique. Ce soir il ne sort pas, il rentre directement dans sa maison des bords de l'Erdre, il a besoin de réfléchir dans le calme.

En passant devant le club de tennis où il avait ses habitudes avec Malo, il grimace de dépit puis se ravise, de toute façon il perdait presque toutes les parties et Malo l'ennuyait plutôt qu'autre-chose. Le tennis ne le branchait pas plus que ça et Malo encore moins, il le fréquentait pour être proche de Léa, leur être indispensable à l'un comme à l'autre et être au cœur de leur intimité. Ainsi, il avait les moyens d'évaluer l'état de leur couple, utile pour le moment venu, leur conseiller une séparation puis séduire Léa. Bien sûr, rien n'était plus pareil depuis que Malo avait appris qu'il avait tenu aux enquêteurs chargés de l'enquête, des propos pouvant l'incriminer ; maintenant Malo refusait catégoriquement de lui parler. C'était compliqué parce que Malo est aussi le père de son filleul Arthur.

Gabriel lève les yeux au ciel et ricane en songeant qu'il ferait de même si leurs places étaient inversées. Maintenant que Malo et Léa sont divorcés, il ne peut plus lui servir à grand-chose.

Après la mort de cette peste d'Alix, Léa était désespérée. Il l'avait hébergée et aidée à remonter la pente jusqu'à son divorce avec Malo. Cela avait été plus facile qu'il ne l'aurait pensé. Léa devait être désorientée, en tous cas, elle semblait avoir oublié la scène désastreuse au cours de laquelle il s'était jetée à son cou pour lui dire qu'il l'aimait. Comme avant, elle s'en était remise à lui, le confortant dans son rôle de confident et d'ami fidèle. Il avait eu le beau rôle, vraiment. Il ne désespérait pas de la voir comprendre un jour qu'elle l'aimait et enfin lui céder. Obstacle de taille malgré tout, elle avait quitté Nantes pour retourner vivre à Paris, mais il se débrouillait pour qu'elle séjourne régulièrement à Nantes, il débordait d'imagination pour organiser des événements auxquels il invitait aussi son fils Arthur. Il ne tarissait pas d'éloges sur la région et critiquait Paris que selon lui, rêvaient de quitter depuis la COVID_19, il gardait précieusement toutes les coupures de presse sur la question.

La vie continuait et il s'était fixé un but à atteindre, un jour, il épouserait Léa et rien d'autre n'avait vraiment d'importance. Il ne devait pas repenser au moment où hors de lui, il avait asséné un coup mortel sur la tête de sa rivale. Elle l'avait bien cherché, ce n'était pas comme s'il ne l'avait pas mise en garde. Et puis, il n'avait pas prémédité son geste, il est impossible de tout contrôler, la vie dérape parfois, et même si cela est de la pire des façons, il ne sert à rien de s'en vouloir ni de ficher sa vie en l'air pour ça. Cela ne changerait rien, il n'avait pas le pouvoir de redonner vie à Alix et s'il l'avait, il ne le ferait sûrement pas.

Mais ce n'était pas le moment de penser à ça, l'enquêtrice Alice Mahé l'avait joint au bureau dans l'après-midi pour le convoquer au commissariat. Il devait bien se l'avouer, il avait été stupéfait, cinq ans après les faits, il ne s'attendait plus du tout à ça, convaincu que l'affaire était classée. C'était sérieux, il se souvenait de la jeune capitaine qu'il avait jugée intelligente, il fallait qu'il se pose au calme pour réfléchir à la manière dont il allait jouer cette seconde manche. Peut-être devait-il appeler Léa à Paris pour tenter d'en savoir un peu plus ? Il savait qu'elle avait noué des liens avec l'enquêtrice, elle disposait sûrement d'informations qui lui seraient précieuses. Mais était-ce judicieux ?

Entré chez lui, il choisit un opéra dans son abondante discothèque, se sert un verre de son whisky préféré et se coule avec délectation dans un bain délassant. C'est encore là qu'il réfléchit le mieux. Gabriel n'est pas homme à se laisser décontenancer si facilement.

Attablée dans le salon de thé du Passage Pommeraye, Ariane regarde les gens autour d'elle, c'est l'un des rares endroits qu'elle regrettera à Nantes. Le midi il y a souvent du monde pour déjeuner, mais l'après-midi c'est tranquille et lorsqu'elle fait un tour en ville, elle apprécie de s'y arrêter quelques instants après avoir contemplé la belle galerie couverte art-déco.

Pensant que les policiers sont forcément ponctuels, elle est arrivée en avance. Trois tables seulement sont occupées, dans l'ambiance feutrée du lieu, personne ne parle fort, Ariane se relâche et laisse son esprit vagabonder. Quelle coïncidence tout de même qu'Alice Mahé veuille la revoir pour parler de l'assassinat d'Alix juste avant qu'elle ne quitte Nantes. Alix lui manque tant, c'est une raison de plus pour fuir cette ville qu'elle n'est pas parvenue à aimer. Elle avait accepté de quitter Paris pendant quelques années parce qu'Eva avait obtenu une promotion intéressante à Nantes et qu'elle ne voulait pas vivre sans elle. Elle y avait retrouvé Alix, qu'elle connaissait depuis longtemps, elles avaient brièvement été amantes alors qu'elle vivaient toutes deux à Paris. Alix qui s'était bien intégrée à Nantes, l'avait aidée à s'acclimater. Maintenant la ville était comme morte avec elle. Heureusement, Eva avait enfin obtenu sa mutation et dans trois semaines elles auraient les clés de leur nouvel appartement dans le dixième arrondissement parisien. Il était temps, elle n'était pas certaine que leur couple survive encore bien longtemps à cet exil nantais devenu insupportable depuis la mort d'Alix.

Alice qui se souvient d'Ariane Desforges, l'a repérée assise dans un coin tranquille de la salle, elle la trouve encore plus amaigrie et pale que dans son souvenir.

- *Bonjour Ariane, je vous remercie d'avoir accepté cette invitation ; comment allez-vous ?*

- *Comme je peux, je vous remercie de vous en soucier. Je suis heureuse que l'enquête soit rouverte, l'idée que son meurtrier vive peinard, m'est insupportable. Elle me manque terriblement. Je pouvais ne pas la voir pendant de longues périodes mais savoir que je ne la reverrai plus jamais c'est autre chose.*
- *Je comprends et j'espère moi-aussi qu'il sera démasqué et condamné. Nous allons tout faire pour cela. Nous reprenons tout du début, c'est justement pourquoi j'ai souhaité vous réentendre. Au cours des cinq dernières années, vous avez sûrement repensé à cette période, vous connaissiez bien Alix et la voyiez souvent, vous connaissiez aussi son cercle d'amis, au moins certains d'entre eux, un détail qui vous aurait échappé à l'époque pourrait fort bien avoir de l'importance.*

Alice scrute le visage d'Ariane qui réprime difficilement les battements de cils trop fréquents qui trahissent sa nervosité, elle a l'air si anxieuse, elle lui sourit chaleureusement pour l'encourager.

- *Parlez-moi librement de cette époque, de ce dont vous vous souvenez, tout peut m'être utile.*
- *Je me souviens de tout comme si c'était hier, notamment d'un pique-nique au Parc de Procé pour l'anniversaire de Camille Serre. Camille est une amie de Léa Thomson avec laquelle Alix a eu une histoire amoureuse compliquée. Alix était l'avocate de Camille qui avait été victime d'une tentative d'agression*

sexuelle, j'imagine que Léa les avaient présentées l'une à l'autre. Alix avait été invitée à ce pique-nique d'anniversaire et m'avait demandé de l'accompagner.

Ils étaient tous là, Camille et son copain Jérémy, Léa Thomson et son mari Malo Le Bris, leur fils Arthur, Gabriel Le Carré leur ami à tous et bien d'autres...

Il ne s'est rien passé de spécial si ce n'est que Léa et Alix ont disparu un moment et que son mari m'a semblé impatient de son retour.

En fin d'après-midi, nous sommes entrées en bus toutes les deux, Alix et moi. Elle m'a avoué s'être à nouveau laissé séduire par Léa alors qu'elles ne se voyaient plus, je me souviens lui avoir dit de ne pas faire confiance à Léa qui semblait ne pas trop savoir ce qu'elle voulait et passait son temps à s'éloigner puis se rapprocher d'elle. Mais Alix était amoureuse et peu disposée à m'écouter lui donner des conseils.

Deux heures plus tard, elles sortent du célèbre passage et se séparent place du Commerce où se presse la clientèle des cafés, du cinéma et des commerces de ce lieu à la réputation peu enviable. Alice se demande si les longs travaux de réhabilitation juste achevés, suffiront à lui conférer une atmosphère plus sereine ? Le trafic de drogue qui gangrenait l'endroit va-t-il s'adapter au changement ou déserter définitivement les lieux ? Elle n'aime pas trop ce qu'ils ont réalisé, tout est si minéral, les dalles sombres déjà tâchées, le manque de verdure, les socles des jets d'eau qui ressemblent à des pierres tombales. C'est plutôt raté.

Ariane, une fois mise en confiance, lui a livré plus d'informations que lors de ses auditions à l'époque mais rien qu'elle ne sache déjà. Alice a le sentiment qu'elle cerne plutôt bien la psychologie des différents protagonistes de cette affaire, elle doute d'en apprendre beaucoup plus avec ces rencontres informelles, mais ça vaut le coup d'essayer.

Aujourd'hui, elle a surtout compris à quel point Ariane en veut à Léa, convaincue que cette dernière a une part de responsabilité dans la mort d'Alix. Alice ne le dira jamais à Léa qui n'a pas besoin de ça, incapable de se projeter dans l'avenir, elle s'est réfugiée dans le souvenir d'Alix et sa culpabilité l'empêche d'en sortir.

Il est trop tard pour retourner dans les bureaux de la Crim', elle appelle Marie, l'amie d'enfance avec laquelle elle dîne ce soir, pour voir si elles peuvent se rejoindre plus tôt.

Un vent glacial s'est levé, il lui reste une heure avant de rejoindre le restaurant où elles ont rendez-vous. Elle n'a pas envie de traîner dehors, elle se souvient avoir fini de lire le livre qu'elle a emporté, il est temps d'en choisir un autre alors elle s'oriente vers une librairie toute proche qu'elle affectionne particulièrement.

Alice referme la fenêtre, il fait froid et après deux semaines d'aération régulière, l'odeur de renfermé a presque disparu. Elle n'a pas prévu de rentrer à Nanterre avant un moment, il va falloir qu'elle s'achète quelques vêtements plus chauds, quand il vente, la température chute de plusieurs degrés et ces derniers jours un vent humide et glacial refroidit la vieille cité bretonne.

Elle a un peu mal à la tête après ces deux heures de réunion en visio-conférence avec Julien. Il l'a informée que le laboratoire d'analyse avait bien reçu le scellé de l'empreinte de pas partielle trouvée dans la cuisine d'Alix, et considérait que cette pièce était dans un bon état de conservation. D'ici deux ou trois semaines au plus tard, ils disposeront des résultats de l'expertise. Les techniques ont beaucoup évolué en cinq ans, aussi espèrent-t-ils avoir une bonne surprise.

De son côté, Alice l'a informé de la teneur des entretiens et auditions déjà menés avec les témoins de l'époque. Il n'en résulte rien de bien nouveau pour l'instant. Mais ils n'ont pas encore auditionné les deux principaux suspects Malo Le Bris et Gabriel Le Carré.

Ils ont décidé de convoquer le père d'Alix, Pierre Hélias qui vit à Séné, petite commune du golfe du Morbihan, à côté de Vannes. Ils n'avaient pas jugé bon de l'entendre à l'époque des faits car il avait des relations distendues avec sa fille, ils ne se voyaient que deux fois par an, à Noël et quelques jours au cours de l'été. Il était veuf, avait 82 ans et était très impliqué dans une association de voile locale ; d'ailleurs, au moment de l'assassinat d'Alix, il était en mer avec un équipier pour une courte croisière dans les îles anglo-normandes. Informé du décès de sa fille, il avait débarqué et était arrivé à Nantes dès le lendemain pour s'occuper des obsèques. Il avait contacté Ariane Desforges qu'il avait déjà rencontrée et quelques amies féministes d'Alix pour savoir ce que sa fille aurait souhaité comme cérémonie d'adieu. L'année suivante, il avait fait un tri de ses effets personnels, confié ses livres et ses écrits à des associations féministes et avait mis sa maison en vente.

Puisqu'ils reprenaient tout du début, il était logique de l'entendre, il avait peut-être remarqué quelques chose de particulier, soit lors des obsèques, soit lorsqu'il avait trié ses effets et vidé sa maison.

Alice souriait d'aise, ils avançaient ; maintenant il était l'heure de déjeuner alors elle se mit en quête de collègues qui se rendaient au restaurant d'entreprise.

Il est gelé, il se lève, enfile un pull et monte le thermostat du convecteur de son bureau. Malo n'a pas très envie d'aller dîner dehors ce soir, il songe plutôt à une soirée au chaud dans le confortable appartement bourgeois de la Place Graslin. Après avoir divorcé de Léa, il lui a racheté sa part, il n'avait pas envie de déménager. Il compose le numéro de Coline qui décroche immédiatement et la convainc sans peine de reporter la sortie prévue, il ne reste plus qu'à téléphoner au restaurant pour décommander.

Il sait qu'il n'aura pas faim ce soir mais plutôt l'estomac noué après son audition au commissariat. Il se souvient de la jeune enquêtrice qui l'avait interrogé des heures durant alors qu'il faisait figure de suspect principal dans l'assassinat de l'avocate Alix Hélias. Même s'il n'avait jamais été inculpé, il pensait qu'on le soupçonnerait toujours tant qu'un coupable ne serait pas arrêté. Pendant quatre longues années il avait sans grande conviction reconstruit une vie qu'il avait vue s'effondrer en quelques semaines. Depuis le jour de son mariage, il avait vécu avec une femme en laquelle il avait toute confiance, il avait mis leur couple, leur famille au-dessus de tout. Il adorait son fils dont il s'était beaucoup occupé lors des déplacements professionnels de Léa à l'étranger. Il tenait aussi beaucoup à la place qu'il occupait au sein de la famille prestigieuse de sa femme.

Quatre ans à relever la tête et devoir affronter la vie comme si son monde ne s'était pas écroulé, comme si sa femme ne l'avait pas quitté pour une femme. Heureusement, Camille et Jérémy ne l'avaient pas laissé tomber. Puis l'an dernier, il avait rencontré Coline. Elle lui avait tout de suite plu, mais il avait hésité, pourrait-il lui faire confiance ? Il avait décidé de ne pas s'emballer, de ne rien officialiser, de vivre leur histoire au jour le jour et de ne rien projeter. En cas de rupture, ce serait moins douloureux. Grâce à Coline, à la tendre affection de ses parents et de son fils Arthur, il avait fini par retrouver une relative quiétude. Et puis Léa ne lui avait-elle pas gardé son amitié ? Tout n'allait pas si mal et voilà qu'il était convoqué à nouveau.

Il se sent gauche et incertain, pourtant il n'a rien à se reprocher si ce n'est ce plan foireux que désespéré, il avait échafaudé pour éloigner Léa d'Alix. Mais ce n'était pas un crime, il avait simplement tenté de sauver son couple. Comme il regrettait d'avoir fait confiance à Gabriel et de lui avoir confié son désarroi. Pourquoi Gabriel l'avait-il compromis auprès des policiers en leur racontant qu'il était désespérément jaloux d'Alix et la détestait ?! De là à ce que l'on en déduise que sa jalousie l'avait conduit à tuer Alix ! Quel fourbe celui-là !

Et bien sûr, il n'avait pas d'alibi pour l'après-midi de la mort d'Alix, certes il avait pu prouver qu'il faisait des achats pour les vacances dans le centre-ville, mais il y avait un intervalle d'une heure pendant lequel il ne pouvait pas justifier de son emploi du temps, il n'était entré nulle part et n'avait croisé personne de sa connaissance. Qu'y pouvait-il ?

Maintenant Malo a la nausée, il tente de se calmer en contrôlant sa respiration. Il faudra qu'il mange quelque chose ce midi pour calmer ses crampes d'estomac, sinon il aura du mal à avoir les idées claires pendant l'interrogatoire. Mais rien que l'idée d'avaler quelque chose lui donne le vertige. D'ailleurs il ferait mieux d'appeler son avocat, ils ne l'entendent que comme simple témoin, mais sait-on jamais. Une chance s'il ne m'a pas oublié celui-là, se dit-il, le moral au plus bas. Mais l'avocat est absent du bureau, un secrétaire prend le message et promet de le lui remettre dès son retour.

Malo quitte son bureau, il est incapable de se concentrer et n'arrivera plus à travailler. Il n'a pas envie d'aller déjeuner non plus. Comme aujourd'hui il ne pleut pas, il va se rendre à pied au commissariat, marcher dans l'air frais lui fera du bien.

Ce dimanche matin, Alice s'est volontiers levée de très bonne heure et maintenant, sourire aux lèvres, elle se dirige vers l'aéro-club de Bouguenais. Il fait froid mais le ciel est clair, pas d'intempéries en vue. Elle va retrouver des connaissances de longue date qui comme elle, fréquentent régulièrement ce club.

Aujourd'hui, elle a envie d'effectuer un survol de la presqu'île guérandaise et d'admirer une fois de plus le patchwork liquide des marais salants de Guérande, le port de pêche du Croisic et les eaux translucides de son immense traict, le ravissant petit port de plaisance de Piriac. Voir ces lieux de là-haut la remplit invariablement de la même joie que lorsque enfant, elle ouvrait ses cadeaux le matin de Noël.

Elle a rendez-vous sur place avec son ami Nicolas actuellement en congé chez ses parents à Rezé ; ils se connaissent depuis le lycée et ne se sont jamais perdus de vue. Lui aussi a intégré les forces de l'ordre, il est champion de triathlon et s'il n'a pas le temps de passer un brevet de pilotage, il adore voler, alors il ne manque jamais une occasion de l'accompagner. Quand il lui avait demandé pourquoi elle aimait tant voler, elle lui avait répondu que de là-haut, elle avait l'impression d'avoir le monde au creux de sa main et il lui arrivait d'imaginer qu'elle pouvait repérer les criminels avant qu'ils n'agissent, un peu comme dans les bandes dessinées de super héros qu'elle lisait parfois adolescente. Ils avaient alors été pris d'un fou-rire mémorable.

C'est le seul de ses amis à avoir choisi la même profession que la sienne, ils apprécient de se retrouver pour échanger sur la satisfaction que leur procure leur profession autant que sur les échecs et difficultés auxquels elle les confronte. Aussi lucides l'un que l'autre, ils sont bien conscients du manque de moyens alloués aux forces de l'ordre malgré des attentes fortes et parfois contradictoires de la population. Ils savent aussi les défaillances de la hiérarchie, parfois plus soucieuse de leur carrière que des équipes. Ils n'ont pas d'illusions, ils font au mieux pour être à la hauteur de leur mission et de la confiance placée en eux.

Il leur arrive de douter de leurs capacités comme des ordres qu'ils reçoivent, mais ils ne se voient pas faire autre-chose, c'est ainsi qu'ils se réalisent, convaincus d'être utiles à la société. Tant que la balance penchera du bon côté, ils continueront.

Malo pousse la porte du bar où il se rend parfois dans le quartier du Bouffay, il a vite fait de repérer Jérémy qui l'attend assis à une table. Il s'assoit et Jérémy remarque à quel point il est pale et ses yeux sont cernés. Après l'avoir embrassé, il va au comptoir lui commander sa bière favorite.

Camille qui revient des toilettes, le voyant aussi désemparé, l'embrasse à son tour.

- Alors cette convocation Malo, comment ça s'est passé ?
- Tu sais, je reste leur suspect numéro 1, ils leur manque les preuves pour me confondre, mais sinon...
- Même Léa te garde sa confiance, elle n'a cessé d'affirmer que même jaloux d'Alix, tu n'aurais jamais pu la tuer. Et ils ne vont pas les inventer ces preuves !
- Ils s'acharnent car ils n'ont pas d'autre piste.
- Je ne dis pas comme toi, j'ai vu l'enquêtrice qui était déjà sur l'affaire à l'époque, nous avons discuté une heure durant. Elle est perspicace, ils reprennent intégralement toute l'affaire, d'autres pistes vont s'ouvrir j'en suis certaine, tu ne dois pas être aussi défaitiste.

Malo lui sourit tristement, il aime beaucoup Camille et Jérémy mais il les trouve parfois naïfs. Les voir lui fait pourtant un bien fou, il respire déjà mieux et s'empare du verre que Jérémy a posé devant lui.

Jérémy hoche la tête, lui aussi pense comme Camille que Malo ne devrait pas s'enfermer dans la figure du suspect mais plutôt prendre de l'assurance, comme le ferait toute personne innocente.

- Je ne comprends pas pourquoi tu penses être le suspect idéal, certes le conjoint trompé fait figure de coupable, mais tu n'as pas vraiment été inquiété à l'époque et s'ils n'ont rien de nouveau, aucun risque que tu le sois aujourd'hui. Nous qui te connaissons bien, ne doutons pas un instant de ton innocence. Ne t'enferme pas dans cette posture, cela ne peut que te nuire.
- Vous êtes adorable, mais je doute que cela suffise à les convaincre.

Soudain, Jérémy habituellement d'un naturel pondéré, hausse le ton :

- Essaye, ce serait un bon début. Tu n'es pas coupable alors n'affiche pas ce profil de suspect.
  Dites-moi tous les deux, le comportement de Gabriel ne vous a jamais étonné ? Notre vieil et si bienveillant ami, vous ne vous êtes jamais demandé pourquoi il t'avait chargé Malo ?
  Vous n'avez jamais été interpellés par la manière dont il regardait Léa ? Souvenez-vous, le jour de sa fête d'anniversaire cet année-là, il avait pas mal bu et je me souviens avoir surpris le regard qu'il portait sur elle et cette manière qu'il avait de la serrer en dansant avec elle, j'aurais juré qu'il en était amoureux !

Malo et Camille écarquillent les yeux, stupéfaits de la sortie de Jérémy, Camille réagit la première.

- *Je me souviens que tu vaguement émis cette hypothèse, mais tu es à priori le seul à avoir eu cette impression, si tu pouvais prouver ce que tu avances, ce pourrait en effet être un mobile sérieux.*

Malo n'a pas l'air d'accord, il sort de son silence.

- *Mais de quoi parlez-vous ? Gabriel m'a chargé parce que c'est un mondain opportuniste qui ne voulait pas avoir d'ennui, il ne voulait en aucune sorte, être associé à une affaire de meurtre.*
  Je le vois mal en amoureux transi, c'est un ami de longue date, s'il avait eu de tels sentiments pour Léa, je l'aurais compris depuis longtemps. Il la connaissait depuis le lycée, c'était une camarade de classe de son frère ; elle était avocate, il n'aurait jamais pris le risque de la tuer. Non, il n'a aucun mobile.

Comme si leur conversation avait réveillé un souvenir enfoui, Camille se souvient soudain de l'étrange discussion qu'elle avait eu avec Gabriel quelques temps avant la mort d'Alix. A l'époque, elle ne s'était pas expliqué son comportement et agacée, avait effacé l'incident.

- *Il y a quelque chose dont je ne vous ai jamais parlé et qui me revient à l'instant. C'était à mon retour de Londres, il avait demandé à me voir le plus vite possible. Quand il est arrivé chez moi, j'ai tout de suite vu qu'il n'était pas dans son état normal, il était agité et ne cessait de me dire qu'il fallait que nous fassions quelque chose pour* vous, pour sauver votre couple. Il était si confus, comme je lui demandais des explications, il a prétendu qu'Alix avait jeté son dévolu sur Léa, je me souviens bien des mots qu'il a employés.

Ceci prouve qu'il savait déjà à ce moment-là qu'il se passait quelque chose entre elles et il en était perturbé. Il a ensuite voulu savoir si j'avais vu Alix pour le jugement de mon agresseur et si à cette occasion, nous avions parlé de Léa, m'avait-elle confié ses sentiments pour elle ? Puis il a fini par dire que tout était de sa faute, il n'aurait jamais dû les présenter l'une à l'autre ni suggérer qu'Arthur fasse son stage dans son cabinet d'avocats.

Il était hors de lui, il criait et m'a presque fait peur. Je l'ai emmené dîner à l'extérieur pour qu'il arrête de boire et de s'énerver. Je ne l'avais jamais vu dans un état pareil. Ce n'était pas le Gabriel que je connaissais.

Tu vois Malo, je pense que Gabriel savait avant toi qu'il se passait quelque chose entre Léa et Alix et qu'il ne le supportait pas. Je ne sais pas pourquoi j'ai enfoui tout ça, je vais rappeler l'enquêtrice, il faut absolument que je lui raconte cet incident. Cela peut tout changer.

Jérémy laisse échapper un sifflement et opine du chef.

- Dingue ! Quel renversement de situation ! Je pensais bien que Gabriel cachait quelque chose. C'est fou d'avoir occulté un tel incident. Il faut absolument en informer la *police en effet. Quand je pense que pour ne pas le laisser seul, je l'ai accompagné à Arcachon pour la semaine de vacances que nous avions prévu de passer tous ensemble. Gabriel était égal à lui-même, Alix venait de mourir et lui me disait que nous ne pouvions pas plomber l'ambiance des vacances et que la vie continuait...*

- Jérémy, tu ne devrais pas tirer de conclusions hâtives, je vais parler à Alice Mahé de cet incident, mais même s'il avait un mobile, cela ne prouve pas qu'il ait tué Alix. Entre nous, vous l'en croyez capable vous ?
- Non, mais au moins, je ne suis plus le seul suspect possible !

Alice et la lieutenante Caroline Le Goff s'apprêtent à recevoir Pierre Hélias, le père d'Alix. Buvant un verre d'eau, Alice se repasse les mots de Camille Serre. La jeune femme l'avait appelée la veille pour lui faire part d'un souvenir qui lui était revenu à la suite d'une discussion. D'après l'incident qu'elle lui avait relaté, Gabriel Le Carré contrairement à ce qu'il leur avait affirmé, était au courant de la relation amoureuse entre les deux femmes avant le mari de la victime et en était perturbé au point de se comporter de manière aberrante. Un comportement troublant venant d'un homme qui donnait l'impression de contrôler ses émotions. Alice le trouvait insondable, il lui donnait l'impression de porter un masque comme ces gens en constante représentation. Ils allaient devoir le pousser dans ses retranchements.

Au téléphone, Camille lui avait aussi rapporté que Jérémy était convaincu que Gabriel était amoureux de Léa avant qu'elle ne rencontre Alix.

Alice n'était pas étonnée que tout ceci ne ressorte que maintenant, il était fréquent que des témoins se souviennent des années plus tard, au détour d'un mot ou d'un événement, de faits qu'ils avaient oubliés. Elle avait demandé à les revoir tous les deux, Jérémy et elle, pour prendre leur témoignage et les verser au dossier.

La sonnerie du téléphone la sortit de ses pensées, Monsieur Hélias était arrivé, Alice se leva et descendit quatre à quatre l'escalier pour aller à sa rencontre. Dans le hall, l'attendait un homme vigoureux pour son âge, très mince et le regard un peu dur, Alix avait sa couleur d'yeux, pour le reste elle devait plutôt tenir de sa mère.

Après lui avoir proposé un café, Alice rappelle à Pierre Hélias qu'elles l'entendent dans le cadre de la reprise de l'enquête sur la mort de sa fille et qu'il peut leur apporter toute information qu'il jugera utile à sa résolution. Après quelques minutes de conversation à bâton rompu, les questions des enquêtrices se font plus précises.

- *Ces dernières années, vous avez certainement repensé aux circonstances du décès de votre fille. Vous parlait-elle de son travail, des difficultés qu'elle rencontrait, a-t-elle jamais mentionné quelqu'un qui la harcelait ou menaçait ?*
- *Il lui est arrivé de me parler de certaines affaires bien sûr, mais surtout de ce que subissaient les femmes qu'elle représentait, des violences physiques et ou psychologiques dont elles étaient victimes, pas de menaces la concernant elle directement, jamais.*

Il a répondu sans hésiter ni chercher ses mots, manifestement, Alix ne s'est jamais plainte auprès de son père de menaces proférées par le conjoint violent d'une femme dont elle était l'avocate. Cette piste-là, à l'époque déjà, ils l'avaient refermée assez rapidement.

- *Vous connaissiez ses amis et relations ?*
- *Vous savez, elle passait chez moi de temps à autres, mais je ne suis pas souvent venue chez elle, pas plus à Nantes que lorsqu'elle habitait Paris. Aussi, n'ai-je que rarement croisé ses amis. Elle me donnait parfois des nouvelles d'une de ses ex que je connaissais, Ariane*

notamment, parce qu'elles s'étaient retrouvées à Nantes. Je sais aussi qu'elle voyait fréquemment Gabriel Le Carré, le frère aîné de son ami d'enfance qui est décédé dans un accident de moto. Mais je ne peux pas vous dire grand-chose de plus sur sa vie intime ni amicale. Elle ne se confiait pas beaucoup à moi, nous avions de bonnes relations mais distantes depuis la mort de sa mère.

La lieutenante Le Goff, silencieuse jusque-là prend à son tour la parole.

- Vous avez vendu sa maison l'année qui a suivi son décès, c'est bien cela ?
- Tout à fait, il m'a fallu un peu de temps pour accepter qu'elle ne l'habiterait plus et que je devais entreprendre des démarches pour la vendre. Cela me fut pénible d'entrer dans son intimité alors qu'elle n'était plus de ce monde, ce lieu c'était tellement elle, mais sans elle... Ce fut presque plus douloureux que l'annonce de sa mort, à ce moment-là, j'ai pleinement réalisé que je l'avais irrémédiablement perdue.
- Je comprends. Et pendant cette période, avez-vous été approché par des personnes qui l'auraient connue ou auraient voulu avoir des nouvelles d'elle ?
- Non, personne. Au moment des obsèques, j'ai parlé d'elle avec plusieurs de ses amis, notamment Ariane et Gabriel, aussi un jeune couple charmant dont je ne me

souviens plus des prénoms, mais l'année suivante, alors que je séjournais chez elle pour trier ses affaires et vider la maison avant la vente, je n'ai vu personne.

Alice lui demande s'il veut faire une pause ou boire quelque chose, il décline et se tasse sur sa chaise, attristé de ne pas pouvoir mieux les aider.

- *Vous avez trié ses affaires vous-même ? Qui a vidé la maison, vous ou un prestataire ?*
- *J'ai effectué le tri moi-même. J'ai gardé certains objets qui me la rappelait, j'ai aussi demandé à Ariane si elle voulait choisir quelque chose d'elle, elle a pris des photos et deux ou trois bricoles. Puis j'ai donné ses vêtements à diverses associations et confié ses livres et ses écrits à des bibliothèques engagées dans la défense des droits des femmes, comme j'ai supposé qu'elle l'aurait voulu. Une partie du mobilier a été récupéré par des membres de la famille et j'ai donné le reste à des associations.*
- *D'accord, et parmi tous ces objets et documents, aucun n'a attiré votre attention ?*
- *Non, mais je vous avoue que je n'ai pas tout épluché non plus, c'était trop éprouvant...*

Il s'interrompt et lève les yeux vers le plafond comme s'il cherchait à se rappeler quelque chose.

- *Maintenant que vous me le demandez, si, j'ai trouvé un objet qui m'a intrigué et d'ailleurs je l'ai gardé. Quand ils ont enlevé son lit, il y avait une ceinture coincée entre*

le sommier et le mur. Une ceinture beaucoup trop longue pour être à elle, un modèle de ceinture pour homme. Connaissant les préférences sexuelles de ma fille, j'ai été étonné, mais après tout…
- Une ceinture d'homme ?
- *Oui, longue et large, avec une boucle imposante, en très bon état, pour ainsi dire neuve, fabriquée dans un très beau cuir et en plus elle est gravée.*
- Et vous l'avez encore ?
- *Tout à fait, on ne voit pas tous les jours une telle ceinture. Je ne la porte pas, mais elle est chez moi, dans ma commode.*
- Vous vous souvenez de ce qui est gravé sur cette ceinture ?
- *Oui, trois initiales et une date, mais il faudrait que je l'aie en mains pour vous en dire plus, je me souviens juste de la première de ces initiales, un M.*

Le regard des enquêtrices se croise furtivement, elles ont instantanément compris qu'elles tenaient-là un élément qui pouvait avoir de l'importance pour la suite de l'enquête.

Alice est légèrement euphorique, sa fréquence cardiaque est plus élevée que d'habitude. Pendant quelques secondes elle pratique une respiration de cohérence cardiaque et reprend le contrôle. En seulement vingt-quatre heures, ils ont appris deux informations capitales. Debout devant la fenêtre du bureau, elle observe la circulation en bas sur le quai, pendant qu'elle attend le retour de la lieutenante Le Goff qui raccompagne Pierre Hélias dans le hall d'accueil.

- *Il sera à l'heure pour son train de retour. Il a promis de nous rappeler dès qu'il sera rentré chez lui pour nous communiquer la gravure exacte de la ceinture et il nous la postera demain matin.*
- *Parfait, nous joindrons Julien à Nanterre demain pour une réunion. Cette ceinture peut nous mener au meurtrier. Nous mettrons également au point la meilleure stratégie possible pour confronter Gabriel Le Carré avec l'incident rapporté par Camille Serre. Que savait-il exactement de la relation entre Alix Hélias et Léa Thomson et comment l'avait-il appris ? Pourquoi a-t-il réagi de la sorte chez Camille Serre ? Nous aurons pour nous l'effet de surprise, il ne se doute sûrement pas que Camille nous a relaté cet incident.*
Nous sommes longtemps restés dans le brouillard, mais j'ai l'impression que nous allons enfin en sortir.
- *Oui… C'est curieux comme le temps permet parfois d'avancer, à l'époque des faits, les gens étaient paralysés par leurs émotions, avec le recul, ils établissent des connections.*

- C'est ce qui s'est produit avec Camille, elle était abasourdie par la perte de son avocate dont elle était devenue proche. Quant au père d'Alix, je regrette que nous n'ayons pas jugé bon de l'interroger à l'époque, mais cela n'aurait rien changé, il n'a trouvé cette ceinture qu'un an plus tard. En revanche, peut-être que si nous l'avions rencontré, il aurait eu le réflexe de nous appeler pour nous signaler avoir trouvé cet accessoire derrière le lit de sa fille ?
- Comment se fait-il que la scène de crime n'ait pas été passée au crible par la police scientifique ?
- La scène de crime était en bas, dans le salon et la cuisine, l'entrée et le jardinet ont aussi été examinés. La scientifique a aussi inspecté l'étage mais pas avec autant de minutie que le bas, étant donné qu'il ne s'y était rien passé. Ils ont certainement regardé dans la chambre, mais n'avaient guère de raisons de déplacer le lit.

Il est tard, rentre chez toi, nous n'irons pas plus loin ce soir et reprendrons tôt demain matin.

Léa est montée dans un taxi à la gare de Nantes, elle n'a pas eu envie de prendre le tram certainement bondé en fin de matinée. Elle a froid et se dépêche de refermer la porte de la maison de Gabriel. Elle monte à l'étage poser son sac de voyage dans ce qui, selon le propriétaire des lieux, est maintenant sa chambre. Après la mort d'Alix, elle avait quitté leur appartement à elle et à Malo et dépérissait de chagrin dans un petit studio prêté par une de ses connaissances. Gabriel l'avait convaincue de venir se réfugier chez lui, il s'occuperait d'elle sans rien attendre en retour lui avait-il dit. Il lui avait alors confié une clé en affirmant qu'elle pouvait la garder toujours.

Elle descend au sous-sol pour monter sensiblement la température du thermostat de la chaudière ; Gabriel n'a presque jamais froid, mais l'hiver, elle supporte difficilement le froid humide de la maison posée à quelques mètres de la rivière Erdre.

Debout devant la porte-fenêtre du salon, elle aperçoit au bout du jardin, la rivière qui coule vers la Loire et amarrée à son ponton, la jolie vedette vernie de Gabriel. Mi-novembre elle est bâchée, Gabriel ne s'en sert que de mai à octobre. A la vue du bateau, les larmes coulent sur ses joues et mouillent son gilet, mais elle ne les essuie pas, pétrifiée elle repense à la balade sur l'eau pendant la fête d'anniversaire de Gabriel, il y a cinq ans de cela. Son fils Arthur les avait emmenées Alix et elle pour une balade nocturne en direction de la Chapelle-sur-Erdre ; elles ne se connaissaient pas, étaient restées silencieuses, si proches dans ce bateau qui glissait doucement dans la nuit. Tout était déjà là, elle avait été troublée par la présence d'Alix, n'avait pas mis de mot dessus et fait comme si de rien n'était. Elle avait mis tant de temps, infiniment trop, à comprendre et accepter son désir pour elle, maintenant elle lui manquait douloureusement.

C'est cette maison aussi, elle lui-la rappelle comme tous les lieux où elles se sont trouvées ensemble. Mais Gabriel lui ferait sans doute une scène si elle allait à l'hôtel plutôt que chez lui. Son fils Arthur a rejoint un cabinet d'avocats à Angers, et elle ne va tout de même pas aller squatter chez Malo et sa nouvelle amie ! Il faut juste qu'elle évite de regarder ce bateau et d'ailleurs, elle se promet de ne plus jamais monter à son bord.

La maison se réchauffe doucement, en se dirigeant vers la cuisine pour se préparer un thé, elle songe que Gabriel va vouloir la sortir en ville et lui faire profiter de tout ce qui se fait de nouveau à Nantes dans les domaines artistiques et culinaires, aussi doit-t-elle organiser sans tarder son court séjour de trois jours pour réussir à faire tout ce qui lui tient à cœur. Il lui faut absolument voir Alice pour savoir où ils en sont de l'enquête et aussi passer du temps avec son amie Camille. Et puis, s'il a un peu de temps à lui consacrer, elle pourrait prendre un verre avec Malo, en apprendre un peu plus sur sa nouvelle compagne et prendre des nouvelles de Marguerite et Yannick, ses parents auxquels elle est attachée.

Elle commence par appeler Alice qui ne décroche pas et la seconde fois, laisse un message sur son répondeur. Confortablement assise dans le moelleux canapé d'une marque hors de prix, elle regarde la pluie qui s'est mise à tomber sur le joli jardin où se mêle mimosas, camélias, arbres fruitiers et toute une variété de rosiers. Alice ne lui a pas répondu non plus la veille alors qu'elle l'appelait de Paris pour lui annoncer son arrivée à Nantes. Elle doit être débordée, peut-être ont-ils enfin de nouvelles pistes ? De toute façon, elle ne quittera pas Nantes sans l'avoir vue, elle aurait voulu fixer un rendez-vous avec elle avant d'appeler Camille et Malo mais elle ne peut tout de même pas la harceler au téléphone. Contrariée, elle songe qu'elle ignore où réside Alice pendant son déplacement à Nantes.

Elle finit par se décider à appeler Camille et tombe aussi sur sa messagerie, elle lui demande de la rappeler. C'est assommant se dit-elle, tout juste s'il n'est pas plus difficile d'organiser des rendez-vous ici que pour mes lointains voyages !

Alice n'a pas décroché en voyant l'appel de Léa. Elle sait qu'elle est arrivée à Nantes et veut la voir, mais maintenant qu'elle a la charge de la réouverture de l'enquête sur la mort d'Alix Hélias, elle est tenue à la confidentialité la plus stricte et ne peut plus en discuter, à fortiori avec Léa qui était l'amante de la victime au moment du drame. Elle sait combien Léa peut être persuasive. La situation est inconfortable, elle ne peut ignorer les appels de son amie ni refuser de la voir pendant son séjour à Nantes, mais elle ne pourra pas discuter du dossier avec elle. Elle pourrait prendre ses distances jusqu'à ce que l'enquête soit bouclée, mais elle n'a pas le cœur de lui faire ça et puis Léa n'est pas stupide, elle connaît les règles, elle devrait lui faire confiance. Elle se décide à la voir, elle saura lui résister et rester le plus vague possible.

Mais là ce n'est pas le moment, d'un instant à l'autre, ils vont bouger ; sous le commandement d'Alice, ils se préparent à interpeller Malo Le Bris dans ses bureaux professionnels où ils pensent le trouver à cette heure de l'après-midi.

La semaine dernière, ils ont réceptionné la ceinture gravée aux initiales *MLB – 2017* postée par Pierre Hélias, et la police scientifique leur a confirmé depuis que les empreintes et l'ADN de Malo Le Bris y figuraient. Ceux de son ex-femme Léa Thomson s'y trouvent également, mais cela n'a rien d'étonnant. Ils vivaient sous le même toit et pour tout un tas de raisons, elle pouvait avoir touché cette ceinture.

Ils ne sont pas particulièrement tendus, Malo Le Bris n'est pas considéré comme dangereux, ce n'est pas une interpellation risquée, mais ils doivent néanmoins y mettre les formes et prendre toutes les précautions d'usage.

Alice a hâte d'entendre ce qu'il a à leur dire sur la présence de sa ceinture dans la maison d'Alix Hélias où il a toujours prétendu ne s'être jamais rendu.

Elle enfile son blouson sur le gilet pare-balles, accroche son badge, sécurise son ceinturon et rejoint l'équipe d'intervention qui l'attend dans le parking.

Gabriel est rentré chez lui tôt que d'habitude, il est tellement heureux de retrouver Léa, il l'entoure de toute sa prévenance, se préoccupant de son bien-être et l'assaillant de questions. Il a retenu une table pour le soir-même dans un restaurant branché du centre-ville, elle n'a pas vraiment eu son mot à dire, il le savait, elle aurait faim et se laisserait tenter sans résister.

Il est monté se changer, a enfilé un costume en velours noir qui met en valeur sa haute et élégante silhouette. Elle est restée telle qu'elle était, en jeans avec une éternelle chemise blanche et un gilet en cachemire. Ils ont endossé leur manteau avant de prendre place dans la belle voiture de Gabriel, une berline électrique toute neuve. Il en change tous les quatre ans, le temps de se lasser et d'être obsédé par un nouveau modèle, plus dans l'air du temps.

Il s'est garé dans un parking en sous-sol et ils sont maintenant attablés dans un restaurant de charme où il n'y a pas foule ce mardi soir.

> - *Alors dis-moi, que me vaut le plaisir de ce séjour à Nantes en décembre ? Ne me dis pas que tu as fait le déplacement pour les décorations de Noël de chez Decré ?!*

Content de sa blague de gamin, il pouffe de rire mais la question lancée à brûle-pourpoint surprend Léa qui ne veut pas lui dire qu'elle est à Nantes parce qu'Alice Mahé y est. Il n'a pas à savoir qu'elle a refusé un reportage photo en prétextant un souci familial pour venir à Nantes voir comment avançait l'enquête. Elle a beau le connaître depuis des années, son côté fouineur n'est vraiment pas ce qu'elle préfère chez lui. Elle soupire, repousse machinalement vers l'arrière son épaisse chevelure et quelque peu sarcastique lui répond sans sourire.

- *Gabriel, Decré n'existe plus depuis des décennies, ce sont les Galeries Lafayette maintenant, attention il n'y a que les vieux nantais pour continuer de nommer cette enseigne de la sorte !*
- *Touché ! Sérieusement, dis-moi tout, tu as la nostalgie de Nantes à ce point ou un problème à régler avec Malo... ? Ah j'y suis, je te manquais bien sûr !*
- *Tu te trouves drôle ? Je suis là parce que j'en ai envie, ça devrait te suffire non ? Tu es tellement inquisiteur parfois.*

Gabriel ne se démonte pas pour autant, son regard est malicieux mais sa voix grave, quand il lui répond.

- *Ma chérie, tu sais bien que tu ne peux pas me cacher grand-chose et d'ailleurs pourquoi le ferais-tu ? Je sais pourquoi tu es là, l'enquête est rouverte. D'ailleurs j'ai reçu une convocation, ils veulent me réentendre. Je me demande bien pourquoi, s'ils avaient quelque chose de nouveau, ça se saurait. J'ai l'impression qu'ils brassent de l'air. Tu ne crois pas ? Sais-tu si Malo est aussi convoqué ?*
- *Je n'en sais rien. Je n'ai aucune information sur l'enquête.*
- *Hum... Mais tu vois régulièrement l'enquêtrice non ? Comment s'appelle-t-elle déjà ?*

- Elle s'appelle Alice Mahé et tu sais parfaitement qu'elle ne peut rien me dire, toute information sur la mort d'Alix est confidentielle.
- Oui, mais entre amies…

Léa voit les articulations de ses doigts blanchir sous l'effet du stress infligé à ses mains qu'elle pétrit nerveusement. Ce que Gabriel peut être agaçant parfois, lui qui veut tant la protéger pourquoi tient-t-il tant à parler de l'enquête ? C'était bien la peine de l'avoir aidée à remonter la pente alors qu'elle était au plus mal.

- Ça suffit Gabriel, ne gâche pas la soirée, je ne sais rien et je ne vois pas pourquoi tu t'inquiètes, tu n'es pas impliqué dans cette affaire, tu devrais rester en dehors de ça. Tu n'es qu'un simple témoin pour eux.
- Mais Léa, c'est pour toi que je m'inquiète. Je me souviens encore de l'état dans lequel tu te trouvais au décès d'Alix, tu n'étais plus que l'ombre de toi-même, tu sombrais et tu as mis des années à t'en remettre. Je sais que tu souffres encore, alors je ne voudrais pas que tu retombes dans tout ça. Tu as fini par relever la tête, tu as repris le cours de ta vie, à notre grand soulagement à tous, surtout celui d'Arthur, mais tu restes fragile.
- Tu me connais mieux que cela, je ne suis pas si fragile, j'ai baroudé dans le monde entier, pris des risques insensés, tu ne peux pas en dire autant.
- Cela n'a rien à voir, on peut être téméraire dans un tas de domaines mais fragile sur le plan affectif.

- *Alors dans ce cas, évite le sujet et parlons d'autre chose, tu veux bien ?*

Léa se tait, elle se dit que si quelqu'un n'est guère fragile dans ce domaine, c'est bien Gabriel qui ne s'attache pas à ses conquêtes et les enchaîne au grès de ses envies ! Soudain, elle le revoit la prendre dans ses bras en tremblant et lui dire combien il l'aimait et depuis si longtemps. C'était quelques temps avant la mort d'Alix. Soit il était capable de cacher ses sentiments comme personne pour qu'elle ne se soit jamais rendu compte de rien, soit une lubie s'était soudainement emparée de lui. Il n'était plus jamais revenu à la charge et elle avait penché pour la seconde hypothèse. Elle-même avait enfoui l'incident, ça l'arrangeait, elle n'avait pas la force d'y attacher de l'importance. Pourtant, elle se souvient maintenant de l'intensité de la déclaration de Gabriel et de la manière dont elle s'était précipitamment sauvée de chez lui. Le doute s'insinue dans son esprit, et si… ? Et s'il était plus impliqué qu'il n'y paraissait, et s'il avait voulu éliminer Alix pour l'avoir toute à lui ? Mais elle chasse cette idée aussi vite qu'elle lui est venue, se dit qu'elle devient folle et à la stupéfaction de Gabriel, éclate soudain d'un grand rire.

- *Ne t'inquiète pas pour moi. Si je m'intéresse aux progrès de l'enquête, je suis plus solide que tu ne le penses. La mort d'Alix remonte à cinq ans, sa perte ne m'affecte plus comme à l'époque, grâce à toi d'ailleurs qui m'as soutenue, portée à bouts de bras même, je ne l'oublie pas, mais parlons d'autre chose si tu veux bien ?*

Gabriel ne peut qu'acquiescer, il ne veut pas chagriner Léa et ce ne sont pas les sujets de conversation qui manquent. De nouvelles galeries d'art ont ouvert à la rentrée, la saison à l'Opéra Graslin est enchanteresse et il a prévu de l'emmener à La Baule profiter de quelques heures de détente et d'un bon repas dans un luxueux établissement de thalasso.

Il le sent, elle ne lui dit pas tout, il est persuadé qu'elle discute de l'affaire avec la jeune enquêtrice alors il abordera à nouveau le sujet mais cette fois moins frontalement, il a encore le temps avant son départ.

Malo était en garde à vue, il s'était laissé interpeller sans résister. Hébété, il les avait suivis sans savoir ce qu'ils avaient contre lui. Dans le véhicule de police, il leur avait dit qu'il ne comprenait pas pourquoi ils l'arrêtaient puisqu'il n'avait jamais mis un pied chez l'avocate, impossible donc qu'ils aient trouvé la moindre preuve l'incriminant. C'est aussi ce qu'il avait répété très remonté à son avocat au téléphone : « Ils n'ont rien contre moi, je ne suis jamais allé chez Alix Hélias, je ne l'ai pas tuée. Cet après-midi-là, je faisais des achats pour une semaine de vacances à venir avec des amis à Arcachon. Il y a un intervalle d'une heure pendant lequel je marchais dans la ville et ne peux justifier de l'endroit où je me trouvais, n'ayant alors fait aucun achat ni rencontré personne, mais c'est le cas de milliers d'autres personnes à Nantes ce jour-là. Sortez-moi de là. Je n'ai pas tué cette femme ! »

Seulement voilà, lors de l'interrogatoire, les enquêteurs avaient posé une ceinture d'homme sur le bureau. Sa ceinture ! Il l'avait immédiatement reconnue, ses initiales étaient gravées à l'intérieur ainsi que l'année 2017. C'était un cadeau de Léa pour son anniversaire cette année-là. Il s'était bien rendu compte qu'elle n'était plus dans son tiroir un jour qu'il avait voulu la porter, il l'avait cherchée en vain, puis n'y avait plus repensé. A la vue de sa ceinture il était resté pétrifié et muet alors son avocat avait demandé à s'entretenir en privé avec lui. Que faisait sa ceinture dans la chambre de l'avocate ? Incapable de trouver une explication, il avait avancé qu'il devait s'agir d'un coup monté, quelqu'un devait l'avoir placée là pour lui nuire.

Peu convaincue par un tel scénario, Alice avait prolongé sa garde à vue. S'il était coupable, devant une présomption de preuve de sa présence dans la maison de l'avocate, elle espérait qu'il finirait par avouer avoir agi par dépit amoureux. Mais son instinct lui disait qu'ils ne devaient pas aller trop vite, elle avait senti Malo Le Bris tout à fait sincère. Il avait immédiatement reconnu sa ceinture mais avait affirmé avec conviction qu'il ne comprenait pas ce qu'elle faisait chez Alix Hélias. Par conséquent, s'il n'avouait pas sa culpabilité avant la fin de la garde à vue, ils allaient devoir démontrer comment il avait laissé cette ceinture chez l'avocate assassinée et sinon, le relâcher. Ce seul élément ne suffirait pas à l'inculper.

Alice faisait les cent pas dans son bureau, se disant que cette affaire était décidément difficile quand elle répondit machinalement à un appel sur son portable.

- C'est Léa, je cherche à te joindre depuis hier, je ne reste pas longtemps à Nantes, tu aurais le temps de dîner avec moi ce soir ?

Bon sang, mais pourquoi a-t-elle répondu sans regarder ! Alice est embarrassée, pourquoi fallait-il que Léa l'appelle maintenant, alors qu'ils venaient de mettre son ex-mari en garde-à-vue !

- Alice ? Tu m'entends ? Je tombe mal, tu préfères me rappeler ?
- Léa, j'allais t'appeler ce soir, écoute... c'est compliqué pour moi, je suis débordée par l'enquête, je risque de finir tard ce soir et...
- Alice, je comprends mais tu auras besoin de manger de toute façon, nous pourrions nous retrouver dans le quartier où tu résides pour manger quelque chose rapidement, même tard, et je ne te retiendrai pas longtemps... ?

Devant le ton désespéré de Léa, Alice cède.

- D'accord, je suis dans l'appart-hôtel proche du L.U., retrouvons-nous au restaurant du Lieu Unique à 21H ; tu veux bien réserver, je n'aurai pas une minute de libre pour le faire ?
- C'est parfait, merci Alice, à ce soir et bon courage !

Alice hoche la tête résignée, Léa sait y faire quand elle a une idée en tête, pas étonnant qu'elle réussisse des photos imprenables dans n'importe quel contexte et dans toutes les régions du monde, pas grand-chose ne l'arrête. Elle se demande comment elle va lui annoncer qu'ils ont mis Malo en garde à vue. En plus, à cause d'un cadeau qu'elle lui a offert ! Ce sera forcément un terrible choc pour elle. Léa a certes quitté son mari mais elle l'estime beaucoup et lui garde son affection. Il est aussi le père de son fils.

La pluie s'est arrêtée et en attendant de dîner avec Alice, Léa se dirige vers le petit salon de thé de la rue du Château où elle doit retrouver Camille. Elle traverse la charmante cour d'honneur du Château des ducs quand son portable sonne, elle décroche, c'est Arthur.

- *Comment vas-tu mon chéri ?*
- *Maman, l'avocat de papa vient de m'appeler, c'est l'horreur il est en garde à vue, il m'a parlé d'une ceinture trouvée chez Alix, je n'ai pas tout compris, il était pressé, il essaye de le sortir de là. Tu es au courant de quelque chose ?*

Léa est plantée au milieu de la cour d'honneur, sonnée. Des visiteurs du château circulent en tous sens, des enfants la bousculent en riant, elle les distingue à peine, Malo en garde à vue ? Mais elle vient d'avoir Alice en ligne, elle le lui aurait dit, ce n'est pas possible, que se passe-t-il ?

- *Maman ! Tu es là ?*
- *Oui... Je ne comprends pas, c'est quoi cette histoire de ceinture, quelle ceinture ? Ton père n'est jamais allé chez Alix ! Donne-moi le numéro de téléphone de son avocat. Je vais appeler l'enquêtrice en charge de l'affaire pour en savoir plus et joindre l'avocat ensuite. Ne t'inquiète pas trop, il doit s'agir d'un malentendu.*
- *J'aimerais bien. Rappelle-moi dès que tu en sais plus, si besoin je viens à Nantes ce soir, j'ai les clés de l'appartement.*

- *Ce soir ton père sera dehors, il m'a assuré n'être jamais allé chez Alix et je sais que c'est vrai.*
- *J'en suis certain, mais tu sais les erreurs judiciaires…*

Léa raccroche, fulminant contre Alice, elle s'assied sur un banc. Elle ne se préoccupe plus du froid humide qui la faisait marcher vite pour aller se mettre au chaud dans l'accueillant petit salon de thé et ne songe même pas à prévenir Camille de son retard. Elle doit absolument joindre Alice et lui demander des explications.

A la troisième sonnerie, Alice décroche sèchement avec une vois étouffée.

- *Léa, je ne peux pas te parler, je suis très occupée, ça ne peut pas attendre ce soir ?*
- *Non Alice ! C'est quoi cette histoire ? Que fait Malo en garde à vue et pourquoi ne m'as-tu rien dis ?*
- *Léa, je ne peux pas parler de l'enquête avec toi, je comprends que tu sois choquée mais je ne peux rien te dire.*
- *Alice, vous faites une erreur, Malo n'est jamais allé chez Alix, c'est quoi cette histoire de ceinture ?*

Alice soupire et lui lâche dans un murmure

- *Nous avons retrouvé une ceinture lui appartenant dans la chambre d'Alix. C'est tout pour l'instant.*

Une ceinture ? L'image lui revient en un éclair, elle se revoit défaisant la boucle de la ceinture de son jean avant qu'elles ne fassent l'amour, en riant elle avait jeté ses vêtements au-dessus de la tête de lit, ensuite la ceinture avait dû glisser et rester coincée contre le mur. Dans sa hâte à rentrer chez elle où l'attendaient son mari et son fils, elle l'avait oubliée derrière elle.

- *Léa, je vais raccrocher, à ce soir.*
- *Attends, j'ai compris, ce n'est pas Malo qui a laissé cette ceinture chez Alix, c'est moi !*
- *Comment ça ? C'est une ceinture d'homme ?*
- *Elle était un peu grande pour moi en effet, mais tu sais mon tour de taille est sensiblement le même que celui de Malo, il est plus grand, je suis plus large et il m'arrivait souvent de lui emprunter des accessoires et des vêtements, des ceintures et des pulls notamment. Je me souviens parfaitement lui avoir piqué une ceinture un jour où je suis allée chez Alix. Nous avons fait l'amour et cette ceinture a dû glisser. C'est moi qui l'aie apportée chez Alix, pas lui ! Vous allez commettre une erreur judiciaire !*
- *Enfin Léa, comme tu y vas, il est seulement en garde à vue, il n'est pas mis en examen…*
   Dis-moi, tu ne ferais tout de même pas un faux témoignage pour l'innocenter ?
- *Mais Alice, comment peux-tu imaginer cela de moi ? Je tiens plus que tout à arrêter l'assassin d'Alix ! Je te dis la vérité, je portais une de ses ceintures un jour où je suis allée chez Alix.*

- *D'accord, je te crois. Si tu pouvais passer au commissariat vers 17 h, après ta déposition, la garde à vue de Malo pourrait être levée. Comme nous sommes en relation, tu seras interrogée par mes collègues, pas par moi. Détends-toi, tout va bien se passer.*

Léa raccroche, bien que soulagée elle est en larmes et lorsqu'elle se lève, elle tient à peine sur ses jambes. Elle rappelle Arthur pour le rassurer, tout en fonçant sur les pavés glissants retrouver Camille. Elle a hâte de retrouver sa chaleur amicale mais leurs retrouvailles seront de courte durée, juste le temps d'avaler une tasse de thé avant de se rendre au commissariat.

Alice est un peu dépitée mais pas vraiment étonnée, elle n'avait pas perçu Malo Le Bris comme capable de commettre un assassinat. Ils aviseront après avoir entendu Léa, mais il est probable qu'ils devront le relâcher et revenir à la case départ.

Tant que le résultat des expertises scientifiques ne sera pas disponible, il ne leur reste plus qu'une autre piste à creuser, celle de Gabriel Le Carré. Elle aura ce soir l'occasion de questionner Léa sur les sentiments de Gabriel à son égard. L'incident relaté par Camille Serre révèle que Gabriel éprouvait pour Léa un sentiment d'une toute autre nature qu'amical et que la relation amoureuse entre elle et Alix le rongeait d'une profonde inquiétude.

Léa l'ignorait-elle ? C'est peu probable, pourtant elle n'en a jamais parlé. Pourquoi ? Décidément, sa proximité avec Léa l'encombre dans l'exercice de son métier. En même temps, plus qu'à tout autre enquêteur, elle lui donne accès aux liens intimes entre tous les protagonistes de cette enquête. Elle est tout de même à la limite du conflit d'intérêt. Heureusement elle n'enquête pas seule mais en binôme avec Julien. Tout de même...

Elle est énervée et a bien envie d'aller marcher le long des quais de Loire mais ce n'est pas le moment, elle doit informer ses collègues de ce que vient de lui révéler Léa et leur demander de se préparer à l'auditionner.

Une fesse posée sur le bord d'un placard de leur bureau, elle leur annonce que Léa Thomson atteste avoir oublié la ceinture de son mari dans la chambre d'Alix Hélias dont elle était l'amante. Bien sûr ils devront s'assurer qu'elle ne cherche pas à couvrir son ex-mari, mais elle est convaincue que Malo Le Bris sera libre ce soir même.

Léa est arrivée au commissariat, pendant qu'ils la conduisent en salle d'interrogatoire, Alice appelle Julien pour le tenir au courant de ce dernier rebondissement. Avec la distance, Julien est moins sujet au découragement, ses émotions ne tiennent aucune place dans sa compréhension des événements.

Léa a demandé à changer de table pour un endroit plus tranquille, la salle est quelque peu bruyante quand le spectacle à l'affiche attire du monde, ce qui est le cas ce soir. La nouvelle table désignée par le serveur est placée contre les baies vitrées, elle regarde passer les gens du quartier qui promènent leur chien ou pour se détendre, font quelques pas sur le canal Saint-Félix. Le soleil est maintenant couché depuis un bon moment, mais quand elle est arrivée, l'eau du canal était nimbée de rouge, d'orange et de violet, les mouettes dansaient dans le soir couchant et des hérons cendrés, de leur vol lourd, rejoignaient leur dortoir quelque part sur la Loire. Elle se souvient qu'Alix qui habitait à côté, affectionnait particulièrement cet endroit où elle aimait flâner. Elle venait aussi y boire un verre et lire en terrasse l'été. Assise là, elle a l'impression qu'Alix va passer devant elle puis la rejoindre, une douleur aigue la frappe au cœur, elle retient ses larmes. Elle a lu récemment que la perte d'un amour ou d'un proche pouvait littéralement briser le cœur. Ils appellent ça le syndrome du cœur brisé. Elle est certaine que le sien s'est bel est bien fissuré à la mort d'Alix.

Elle n'oubliera pas cette journée de sitôt. Heureusement, elle était parvenue à convaincre les enquêteurs que c'était bien elle qui avait apporté la ceinture de Malo chez Alix. Elle la portait un jour qu'elle l'avait rejointe chez elle, elles avaient fait l'amour et elle ne se souvient pas d'avoir bouclé la ceinture quand elle s'était rhabillée. Elle avait probablement glissé derrière le lit pendant leurs ébats et était tout bonnement restée sur place. Pour savoir si elle disait vrai, ils avaient déposé une dizaine de ceintures devant elle, probablement celles de policiers du commissariat, sans l'ombre d'une hésitation, elle avait immédiatement reconnu celle de Malo. L'affaire était entendue. Ils lui avaient laissé entendre que Malo serait libéré avant la fin de la journée et l'avaient remercié pour son témoignage. En quittant le commissariat, elle n'avait pas croisé Alice et maintenant elle l'attendait impatiemment.

Alice marche à grandes foulées, pas le temps de repasser à l'hôtel, elle a déjà une quinzaine de minutes de retard. Elle franchit le pont en doublant tous ceux qui s'y trouvent et trois minutes plus tard, pousse la porte du restaurant du LU.

- *Je te prie d'excuser mon retard, comme tu t'en doutes, la fin de la journée a été chargée.*
- *Vous avez libéré Malo ?*
- *Oui, ton témoignage a été déterminant. Grâce à toi, il est rentré chez lui.*
- *Je suis soulagée, mais si tu me l'avais dit au téléphone, j'aurais pu lui éviter ça, c'était parfaitement inutile.*
- *Tu sais parfaitement que je ne peux pas te parler de mon travail, et d'ailleurs nous ne devrions même pas nous voir, c'est inconfortable pour moi, s'il-te-plait ne rends pas les choses plus difficiles.*

Le radiateur proche de leur table est poussé à fond et maintenant, Léa a trop chaud, exaspérée, elle soupire et repousse furieusement sa chevelure vers l'arrière. Elle se tait mais elle le sait, Alice a raison et elle devrait plutôt la remercier de ne pas la tenir à distance.

- *Écoute Léa, l'essentiel c'est que nous avons établi que Malo n'est pour rien dans la mort d'Alix. Il a passé quelques heures difficiles mais c'est fini, il est libre. C'est* ça une enquête policière, il faut entendre les personnes mises en cause pour les écarter de la liste des suspects. N'oublies pas que dans cette affaire, tu étais l'amante de la femme assassinée, alors ton ex-mari fait nécessairement figure de suspect. Le mobile de la jalousie conjugale est statistiquement le plus fréquent, ce n'est pas à toi que je vais apprendre ça ! Allez Léa, passons à autre chose et tachons de profiter de ce moment. »

Elle fait signe au serveur pour qu'il prenne leur commande, elle a faim. Elle est contente de voir Léa mais elle ne peut pas rester des heures, elle est fatiguée et se lève tôt demain matin.

- Tu as prévu de rester à Nantes jusqu'à quand ?
- Je repars après-demain, en début d'après-midi. Un bref séjour, Gabriel a prévu tout un programme pour me distraire mais tout est chamboulé, je crois que j'aurais plutôt envie de retrouver Malo demain.
- Tu es chez Gabriel ? Comment va-t-il ?
- Oh Gabriel, c'est Gabriel ! Fidèle à lui-même, un être placide qui peut devenir l'homme le plus exalté du monde en un tour de main. Il m'a dit que vous l'aviez convoqué ? J'imagine que vous voulez savoir s'il ne se souvient pas d'un détail qui lui aurait échappé à l'époque ?
- Il t'en a parlé, il t'a semblé inquiet ?
- Tu réponds à mes questions par des questions ?

Alice rit intérieurement, sacrée Léa, pas facile à sonder !

- *Je ne peux pas te donner de détails, nous réentendons tout le monde. Mais puisque nous parlons de lui, tu le connais depuis l'enfance, c'est ça ?*
- *Non, c'est Alix qui le connaissait depuis le collège, elle était camarade de classe de son frère ; ils se sont retrouvés à Nantes des années plus tard.*
J'ai rencontré Gabriel alors que nous vivions à Paris, Malo et moi. Il y a vécu une bonne quinzaine d'années. Nous fréquentions les mêmes cercles. La première fois que je l'ai vu, il était invité au vernissage d'une exposition de photographies de mon père dont il était un fervent admirateur. Quand notre fils est né, nous l'avons choisi comme parrain et quand nous sommes arrivés à Nantes où nous voulions élever Arthur, il y était installé depuis quelques années et nous a aidés à nouer des contacts avec des Nantais.
- *Je vois, il était donc votre ami à tous les deux, Malo et toi.*
- *Oui, ... il l'était. Après le décès d'Alix, Malo n'a plus voulu le fréquenter, comme tu le sais, Gabriel a été pour le moins ambigu, affirmant que Malo était au courant de ma relation avec Alix et que cela le rendait furieux.*
- *Et pourtant tu ne lui en as pas voulu et tu continues d'être proche de lui ? Ce n'est tout de même pas banal.*
- *J'étais bouleversée, je n'étais pas en état de réfléchir à tout ça. J'étais partie de chez moi, je ne voyais plus*

personne jusqu'au jour où Gabriel est venu me chercher et m'a accueillie chez lui pour m'aider à remonter la pente.

Et puis j'ai divorcé et n'ai revu Malo que l'année suivante. Je dois beaucoup à Gabriel qui ne m'a pas laissée tomber. Mais je comprends que Malo ne veuille plus le voir s'il pense que Gabriel l'a enfoncé.

Maintenant, j'ai de bonnes relations avec les deux, Gabriel est un ami fidèle, et ce n'est pas parce que nous ne sommes plus en couple que je dois oublier des années de complicité avec Malo, nous avons tout de même été mariés vingt-six ans et il est le père de mon fils. Mais tu sais parfaitement tout ça, nous en avons déjà parlé.

Léa a parlé avec un débit rapide et saccadé comme si elle ne voulait pas s'attarder sur ses liens avec Gabriel. Alice se dit qu'elle va devoir être plus incisive et y aller franchement.

- *Gabriel doit beaucoup t'aimer pour t'avoir ainsi portée à bouts de bras ?*
- *Il m'a toujours beaucoup couvée, c'est sûr, il tient à moi…*
- *Un peu plus que comme un ami… ?*
- *Alice, je sais très bien où tu veux en venir.*
- *Alors parle franchement. C'est l'assassinat d'Alix qui nous a rapprochées, tu veux que je te tienne informée des avancées de l'enquête mais tu gardes pour toi une*

zone d'ombre, pourquoi ? Pourquoi ne me dis-tu pas tout Léa ?
- Parce que je pense que cela n'a pas d'intérêt pour l'enquête. Gabriel est étranger à toute l'affaire, son nom n'est mentionné que parce qu'il est notre ami à Malo et à moi.
- Je ne suis pas d'accord avec toi. Il était aussi l'ami d'Alix et si ses sentiments ne sont pas purement amicaux envers toi, le mobile de la jalousie est tout aussi plausible pour lui, qu'il l'était pour Malo.

Léa s'est interrompue de manger et regarde Alice fixement. Elle réalise qu'elle n'a jamais voulu envisager cette éventualité, aucun de ses proches ne pouvait être impliqué dans la mort d'Alix, c'était impossible. La perdre était inhumain, alors si son mari ou son meilleur ami l'avaient tuée, elle n'aurait pas pu le supporter et aurait été anéantie. Pourtant ce que vient de dire Alice est tout à fait sensé et c'est comme si une digue venait de se rompre. Elle se décide enfin à parler.

- Peu de temps avant le décès d'Alix, Gabriel m'a fait une déclaration. Il a déclaré m'aimer depuis des années, j'étais abasourdie, je l'ai repoussé et nous n'en avons jamais plus reparlé. C'était tellement incongru que j'ai oublié cet incident. Connaissant Gabriel j'ai pensé qu'il lui prenait une soudaine lubie et d'ailleurs cela ne s'est jamais reproduit.

Je n'ai pas vu l'importance de t'en parler puisqu'il n'a pas renouvelé ses avances, en outre, il n'a jamais fait figure de suspect dans cette affaire.

Alice n'en revient pas, elle songe que Léa n'est pas très avisée concernant Gabriel. Il a beau être souvent fantasque, pour quelles raisons lui aurait-il déclaré l'aimer depuis des années si tel n'était pas le cas ? Comment Léa n'a-t-elle pas compris que Gabriel pouvait avoir de l'animosité envers Alix s'il la jalousait ? Sans s'en être rendu compte, a-t-elle couvert Gabriel pendant toutes ces années ? S'il est coupable, elle va tomber de haut.

Mais elle se contrôle et ne manifeste rien, elle a l'habitude des faiblesses et contradictions humaines, elle sait qu'elles ont parfois de graves conséquences.

Alors que le dessert leur est servi, elle demande à Léa de lui raconter les circonstances dans lesquelles Gabriel lui a fait sa déclaration. Elle veut tout savoir et le plus précisément possible, ses gestes, les mots qu'il a employés, comment ils se sont séparés. Tant pis si elle se couche un peu trop tard, elle tient là une occasion de mieux cerner Gabriel et ses motivations.

Elle écoute Léa sans broncher, enregistrant mentalement le moindre de ses mots. L'incident rapporté par Camille Serre prend tout son sens, Gabriel anxieux et hors de lui parce jaloux et furieux de l'amour entre Alix et Léa. Elle n'en parle pas à Léa, Camille et elle sont amies, elles auront tôt ou tard l'occasion de parler de tout cela et puis elle est lasse et veut rentrer dormir, demain elle aura besoin de toute son énergie.

Quand elles quittent le restaurant, quelques ombres errent dans la nuit. Le quartier tranquille avec ses bosquets et esplanades entre les immeubles offre des recoins aux sans-domicile fixe, des petits groupes de migrants et aussi de marginaux se retrouvent au bord du canal, alcool et drogue aidant, parfois éclatent des bagarres. Léa raccompagne Alice à l'hôtel qui se trouve à quelques pas et appelle un VTC pour rentrer chez Gabriel.

Léa est épuisée, après une journée forte en émotions, la conversation avec Alice au restaurant, n'a pas vraiment arrangé les choses. Elle ne souhaite que se coucher alors elle ouvre la porte d'entrée avec précaution, espérant que Gabriel déjà couché ne l'entendra pas. De l'entrée elle a l'impression que les lumières sont éteintes mais à peine a-t-elle retiré son manteau qu'il l'interpelle, il a allumé un feu de cheminée et le contemple en sirotant un whisky.

- *Ma pauvre tu as une de ces têtes, tout va bien ? Je n'ai pas réussi à te joindre aujourd'hui...*
- *J'ai eu une journée exténuante. Si tu veux bien, on se parlera au petit-déjeuner, je n'en peux plus et j'aimerais aller me coucher.*
- *Reste une minute tout de même, je te sers un petit digestif tu dormiras mieux et tu vas voir, le feu de bois apaise à tous les coups.*

Léa soupire mais ne peut froisser son hôte, elle prend place dans le fauteuil en face du sien.

- *Tu te rappelles que demain nous allons à La Baule, je nous ai réservé un créneau de thalasso et un déjeuner, ce ne sera manifestement pas du luxe !*
- *Ça ne va pas être possible Gabriel, j'ai rendez-vous avec Malo demain midi, je n'ai pas eu le temps de te prévenir...*
- *Mais j'ai réservé, tu peux voir Malo à un autre moment, non ?*

Léa sent arriver un mal de tête et l'alcool ne lui réussit guère lorsqu'elle est fatiguée ou contrariée, elle repose le verre dans lequel elle a à peine trempé ses lèvres.

- Malo a été placé en garde à vue aujourd'hui...
- Quoi ? Raconte, pourquoi ? Qu'ont-ils trouvé contre lui ? Tu vois je ne suis pas surpris, je m'en doutais, je ne l'ai d'ailleurs pas caché aux enquêteurs à l'époque.

Interloquée, Léa détache son regard du feu qui danse dans l'âtre et l'observe à la lumière des flammes. Il a manifestement pas mal bu, son débit est haché, et derrière son regard troublé elle a l'impression qu'il jubile.

- Arrête Gabriel, Malo n'est pour rien dans la mort d'Alix, d'ailleurs il a vite été relâché, il a suffi que je témoigne pour le disculper. Ils ont trouvé un accessoire lui appartenant chez Alix mais il se trouve que c'est moi qui l'y avait laissé. Pourquoi l'accables-tu comme ça ? C'est ton ami non ?
- Oh plus maintenant, il m'ignore.
- Tu m'étonnes ! Tu ne ferais pas de même toi à sa place ? Et d'ailleurs, je veux que tu m'expliques pourquoi tu as accusé Malo à l'époque.
- Je ne l'ai accusé de rien, j'ai simplement dit aux enquêteurs qu'il était obsédé par ta liaison avec Alix et cherchait à vous séparer par tous les moyens. Il s'était confié à moi et si tu avais vu les scénarii qu'il concevait !
- Quand bien même, cela ne prouve en rien qu'il l'a tuée !

- *Peut-être pas, toutefois tu ne peux nier qu'il avait un sérieux mobile.*
- *Hum-hum, le moins qu'on puisse dire c'est que tu ne lui fais guère confiance. Tu imagines Malo tuer quelqu'un ?*
- *Tu l'en crois vraiment capable ? Nous étions mariés, il pouvait être inquiet et ne pas porter Alix dans son cœur mais tu es gonflé de le charger comme ça. Et toi Gabriel, tu n'as jamais éprouvé de jalousie envers Alix ?*

Gabriel ne répond pas, il sent grandir l'hostilité de Léa et comprend qu'il doit calmer le jeu. Tous deux regardent en silence des étincelles monter dans le conduit de la cheminée.

Léa ne lui parle pas de son dîner avec Alice, ni même de sa brève rencontre avec leur amie Camille. Elle est épuisée, se sent mal, elle voudrait que tout ceci ne soit qu'un mauvais rêve, qu'Alix ne soit pas morte, qu'elles soient heureuses ensemble. Tout lui paraît factice et vain. Elle a la nausée.

- *Écoute Léa, après ce qu'il a vécu aujourd'hui, je comprends, tu as besoin de voir Malo demain, je vais annuler la réservation, ne t'inquiète pas pour ça.*
- *Merci, je monte, à demain Gabriel.*

Gabriel ne va pas se coucher tout de suite, il finit son verre. Elle est là-haut, endormie à quelques mètres de lui, il voudrait tant qu'elle l'appelle puis se blottisse au creux de ses bras et que tous deux se trouvent enfin. Tout à sa rêverie amoureuse, il s'endort lourdement devant le feu qui s'éteint doucement.

Malo n'est pas allé travailler aujourd'hui, en fin de matinée il est sorti faire des courses et maintenant il prépare un plat de spaghettis aux palourdes pour le repas de ce midi. La veille, Léa et lui étaient convenus qu'ils déjeuneraient ensemble, autant l'un que l'autre avaient éprouvé le besoin de se retrouver pour échanger sur les derniers événements.

La veille au soir il avait réussi à plaisanter au téléphone avec Arthur, il voulait le convaincre qu'il avait surmonté l'épreuve. Coline l'avait réconforté elle aussi, elle lui avait dit qu'il était désormais hors de cause et que c'était tout ce qui comptait. Mais cette affaire n'évoquait pas grand-chose pour Coline, elle n'avait pas connu l'avocate assassinée ni la plupart de ses amis de l'époque hormis Camille et Jérémy, restés proches de lui. Elle n'avait rencontré Léa que deux fois, brièvement et en compagnie d'Arthur. Il lui était difficile de saisir à quel point leur vie à tous avait été ébranlée par l'assassinat d'Alix.

Malo goutte sa préparation, satisfait il retire son tablier au moment où retentit la sonnerie de l'interphone. Plus ému qu'il ne voudrait l'être, il lui ouvre la porte.

- *Merci d'être là. Je t'en suis reconnaissant, tu ne peux pas savoir. J'ai beau être innocent, hier je n'en menais pas large et si tu n'étais pas venu témoigner, je serais toujours en garde à vue.*
- *C'est normal Malo, c'est moi qui ai oublié ta ceinture chez Alix, il n'aurait plus manqué que tu payes pour ça !*

Il lui sourit, cinq ans ont passé et la souffrance qu'il avait ressenti en comprenant que les deux femmes avaient une relation amoureuse, avait fini par s'estomper. Aujourd'hui, il pouvait y penser et en parler sans avoir mal, la page était tournée.

- *Mets-toi à table, j'arrive avec ton plat préféré !*
- *Tu as cuisiné, il ne fallait pas !*
- *Ça me fait plaisir, je suis tellement soulagé et je n'avais aucune envie d'aller bosser alors en t'attendant, je nous ai préparé quelque chose de bon…*

Depuis qu'ils sont divorcés, ce n'est pas la première fois que Léa revient dans le bel appartement de la place Graslin, elle y avait notamment passé une soirée agréable qu'ils avaient qualifiée de réconciliation. Arthur avait été soulagé de voir ses parents capables de se retrouver sans trop de rancœur. Elle regarde autour d'elle, Malo a gardé quelques éléments de décoration et les années de vie commune qu'ils ont passé ici se rappellent à elle, mais elle n'a pas de vague à l'âme, tout ça appartient au passé. Ce qui compte aujourd'hui c'est la raison de son déplacement à Nantes, l'enquête sur la mort d'Alix. Son meurtrier ne peut pas s'en tirer, il doit payer pour son crime.

- *Tu repars quand, tu es descendue où d'ailleurs ?*
- *Je repars demain midi, et je suis chez Gabriel comme d'habitude.*
- *Ah celui-là…*
- *Je sais Malo, vous ne vous voyez plus mais je dois beaucoup à Gabriel. Parlons plutôt de ta garde à vue hier. Cela a été si soudain, tu as dû te demander ce que ta ceinture faisait chez Alix ? Tu n'as pas pensé que je pouvais l'avoir laissée chez elle ? Tu sais bien pourtant qu'il m'arrivait de piocher dans tes affaires, même que cela t'agaçait parfois… ?*

- J'aurais sûrement fini par y penser mais j'étais dans une sorte de sidération.
- Je suis vraiment désolée pour ça, c'est de ma faute. Heureusement que j'étais à Nantes et que l'enquêtrice m'a prévenue, j'ai pu réagir rapidement.
- Je commençais à penser que quelqu'un l'avait mise là pour m'incriminer, d'ailleurs c'est ce que je leur ai dit.
- Qui aurait pu faire ça et pour quelle raison ?
- Gabriel par exemple ! Il a changé du tout au tout avec moi, il se prétendait mon ami et dès que la police a ouvert l'enquête, il a affirmé que j'étais désespéré, en boucle sur votre liaison et que je voulais y mettre un terme à tout prix.
- Mais que lui avais-tu dis pour qu'il en soit ainsi persuadé ?

Malo grimace, il est mal à l'aise en se rappelant leurs conciliabules et le plan hasardeux qu'il avait échafaudé pour qu'ils retournent vivre à Paris Léa et lui.

- Euh ... Un jour nous parlions d'Alix et il a prétendu qu'elle n'était qu'une « séductrice qui avait jeté son dévolu sur toi », à ce moment-là je ne me doutais encore de rien, c'est lui qui m'a révélé votre liaison.
- Ah bon, mais vous ne m'en avez rien dit, ni l'un ni l'autre !
- Évidemment, nous n'étions sûrs de rien, ce n'était que des supputations mais je sentais que tu t'éloignais de

moi et recherchais de plus en plus sa compagnie. Alors j'ai pensé que je réussirai à t'éloigner d'elle en te proposant de retourner vivre à Paris. Je sais ce n'était pas très malin, je n'en suis pas particulièrement fier, mais je ne voulais pas te perdre.

En revanche, je n'ai pas compris les motivations de Gabriel, que tu sois en couple avec moi ou qui que ce soit d'autre, quelle importance pour lui, cela n'empêchait en rien que vous restiez amis.

- *Tu as eu l'impression que Gabriel était aussi contrarié que toi par ma relation avec Alix ? C'était sans doute le cas, nous n'avons pas eu l'occasion d'en parler, mais Gabriel n'avait pas que des sentiments amicaux à mon égard, il me l'a avoué quelques temps avant la mort d'Alix. Il est tellement fantasque et théâtral, j'ai pensé qu'il avait sur-joué ses sentiments, une sorte de confusion momentanée. Ensuite il n'en a jamais reparlé. Était-il jaloux, aurait-il tué Alix par jalousie ? C'est une hypothèse absurde non ? Ce n'est pas parce qu'on aime quelqu'un, même trop ou mal à propos, qu'on élimine son rival et je vois mal Gabriel s'abaisser à commettre un tel crime.*

Léa voudrait se convaincre de l'innocence de Gabriel qu'elle n'argumenterait pas autrement, elle n'a pas oublié le regard d'Alice la veille au soir alors qu'elle lui racontait la scène de la déclaration de Gabriel, pourtant elle recommence devant Malo.

- *Le salaud, il cachait bien son jeu, je ne m'en serais jamais douté. Incroyable ! Il avait donc autant de raisons que moi d'être soupçonné et si jamais cela venait à se savoir... Je comprends mieux pourquoi il m'a chargé à l'époque. Il faut absolument que tu en parles aux enquêteurs, tu ne peux pas garder ça pour toi, s'il était coupable, cela ferait de toi sa complice.*
- *Malo, tu exagères ! Mais c'est fait, j'en ai parlé à Alice Mahé, l'enquêtrice chargée de l'affaire. Cela ne sert à rien de s'emballer, les enquêteurs parviendront à dénouer le vrai du faux et d'ailleurs Gabriel est convoqué. Nous ne sommes plus très loin de savoir la vérité, en attendant je suis encline à lui garder ma confiance.*

Malo est stupéfait, il n'a plus vraiment d'appétit et tripote distrait le contenu de son assiette. Il songe à la naïveté de Léa qui malgré tout, continue de faire confiance à Gabriel et réside même chez lui. Et si elle était en danger ?

Ce samedi matin Alice a travaillé avec le lieutenant Yann Moreau, ils ont préparé l'interrogatoire de Gabriel Le Carré. Lundi, ils vont la jouer serré, pas question que Le Carré les balade, ils feront tout pour le déstabiliser et le pousser à avouer. Mais pour l'instant, Alice récupère son sac et quitte le commissariat, des amis passent la prendre en voiture dans cinq minutes et elle ne veut pas les faire attendre.

D'après la météo, le week-end sera froid mais ensoleillé, « *un temps idéal pour passer un petit week-end au Croisic* » lui avait dit Marie. Alice n'avait pas résisté, elle adorait le port de pêche même s'il était pris d'assaut en toutes saisons par les habitants de la presqu'île comme par les touristes lorsque le temps était au beau fixe.

Marie sort de la voiture mal garée pour embrasser Alice pendant que son compagnon Erwan case son sac dans le coffre. Alice grimpe à l'arrière et rencontre Élise qui s'y trouve déjà et passera le week-end avec eux. Alice songe que cela va lui faire tout bizarre de se trouver avec des gens qui vivent sans se soucier d'arrêter des criminels, mais elle est bien décidée à passer un bon moment, elle a besoin de décompresser et de vivre un peu comme tout le monde.

A l'arrière avec Élise, elles profitent du trajet pour faire les présentations. Alice en dit peu sur elle, seulement qu'elle travaille dans la police sur des affaires qui n'ont pas été élucidées et qu'elle aime piloter de petits avions, aussi qu'elle est célibataire et ne cherche pas spécialement l'âme sœur. « *Bien résumé !* » lance ironiquement Marie qui a tout entendu bien que la musique résonne dans l'habitacle et qu'elle semble concentrée sur la conduite. Dans sa vie privée Alice peut être désarmante, elle ne se rend pas compte que se présenter ainsi peut impressionner ses interlocuteurs. « *N'aie crainte Élise,*

Alice est bien un être humain, adorable qui plus est, il ne t'arrivera rien, la preuve je la connais depuis mes douze ans et je suis toujours en vie ! ». Élise éclate de rire et retrouve une contenance, cette jolie brune ne l'intimide presque plus. A son tour elle lui dit qu'Erwan est son cousin, aussi qu'elle est biologiste marin et que parisienne déracinée elle travaille et vit à Brest. Elle ajoute qu'elle se remet d'une rupture difficile.

Une heure et vingt minutes plus tard ils entrent dans la petite maison de pêcheurs qui est dans la famille de Marie depuis que ses arrière-grands-parents s'y étaient installés au début du siècle dernier. Marie informe Élise et Alice qu'elles partageront l'une des deux petites chambres à l'étage. Sans traîner, ils déchargent leurs sacs et les victuailles apportées pour le repas du soir et affamés se dirigent vers une crêperie qu'ils connaissent bien, ils sont assurés d'y avoir une table au second service de 13 h 30.

Alice sait vite quand elle ressent quelque chose d'inhabituel pour quelqu'un et s'efforce le plus souvent de comprendre pourquoi. Au cours du repas, elle s'est surprise plusieurs fois à rechercher l'attention d'Élise, à prolonger les moments de complicité et rire de ce qui les rapprochait. Elle n'a pas retiré son bras lorsqu'elles s'effleuraient en se tournant l'une vers l'autre. Le restaurant était bondé et en attendant de payer au comptoir, bousculées par des serveurs pressés, elles se sont réfugiées l'une contre l'autre. Grisée, Alice s'est coulée dans cette félicitée inattendue sans chercher pour une fois à contrôler la situation. Cela ne lui ressemble guère, elle ne sait pas bien ce qui lui arrive mais elle n'a pas envie d'y réfléchir, ce week-end est une parenthèse qui tient ses promesses et c'est bien comme ça.

Maintenant, ils marchent le long des quais, s'amusent du vol saccadé d'une petite troupe d'aigrettes qui se disputent crevettes, vers et petits poissons, puis ils choisissent parmi tous les bateaux, celui sur lequel ils embarqueraient bien pour une petite croisière côtière. En avançant dans leur promenade, ils contemplent les eau translucides du chenal, la pointe boisée de Pembron et le fond du traict qui se découvre à marée basse, puis ils s'orientent vers les criques du sentier côtier de la côte sauvage avant que la nuit ne leur tombe dessus, à cette époque de l'année, elle ne tarde pas.

Quand ils rentrent, le soleil est déjà couché, le temps de cuisiner le repas du soir et les voici autour de la grande table en bois de la pièce du rez-de-chaussée. Erwan et Élise ont apporté leur guitare, la soirée file si vite, il est passé une heure du matin quand ils montent se coucher non sans avoir au préalable tiré au sort celui ou celle qui ira chercher les croissants et le pain frais du petit-déjeuner. C'est tombé sur Alice qui consent de bonne grâce à s'exécuter.

Devant le grand lit, Élise et Alice sont prises d'une soudaine retenue, comme si leur attirance mutuelle les embarrassait maintenant qu'elles étaient seules dans la chambre à coucher. Elles se glissent dans les draps en silence, chacune à un bout du lit. La lumière est éteinte depuis un moment quand Élise s'enhardit et se décide à aller se blottir contre Alice. Elles n'ont pas besoin de mots pour se comprendre, leurs gestes s'enchaînent avec une prodigieuse fluidité. Elles ne dormiront guère cette nuit-là.

En croisant Alice qui sort de la salle de bains en baillant le lendemain matin, les traits tirés comme si elle n'avait pas dormi de la nuit, Marie amusée imite son amie : « *Ah, je suis célibataire et je ne cherche personne* » eh bien dis-donc, qu'est-ce que ce serait autrement !

En dévalant l'escalier, Alice lui répond qu'elle n'y comprend rien elle-même. « *Alors, continue, ça te va bien* » lui crie Marie ravie que son amie se laisse aller à profiter de la vie, mais Alice court déjà sur les pavés, en route pour la boulangerie.

De nouveau il pleut, toute cette flotte c'est usant pour le moral se dit Gabriel enfilant une parka et s'emparant d'un immense parapluie noir avant de s'engouffrer dans sa voiture. Il est d'humeur massacrante, Léa est déjà repartie à Paris et il n'a pas profité de sa visite comme il l'entendait. Il a fini par renoncer à son programme, voyant qu'elle n'était pas disposée du tout à s'intéresser à ce qu'il avait prévu pour elle.

Bien sûr il aura fallu que Malo soit mis en garde à vue et qu'elle se sente obligée de le consoler. Quel emplâtre celui-là, un véritable mollusque avec son besoin d'être réconforté et dorloté comme un gamin !

Passablement énervé, il conduit brutalement et maudit le conducteur immatriculé en Vendée qui devant lui, cherche manifestement son chemin, troublé par les rails du tram qui coupent la voie de circulation. Il ne manquerait plus qu'il soit en retard ! Cette convocation au commissariat lui a presque ruiné son sommeil les deux dernières nuits, il veut arriver à l'heure et être le plus alerte possible pour maîtriser au mieux l'interrogatoire. Il doit porter une attention de chaque instant à tout ce qu'il leur dira, il se méfie surtout de l'enquêtrice qui l'avait auditionné à l'époque des faits, les autres il s'en fiche, ce ne sont certainement pas des lumières !

Alice n'a pas vu Gabriel Le Carré depuis cinq ans, mais dès que le lieutenant Moreau l'introduit dans le bureau, elle le retrouve tel que dans son souvenir. Élancé et distingué avec une petite note d'insolence dans le regard et un large sourire qui dévoile une dentition irréprochable. Il en impose par sa prestance et son assurance au point qu'ils pourraient s'inquiéter d'avoir eu l'outrecuidance de le convoquer ! Qui est vraiment Gabriel Le Carré ?

Après avoir suivi le protocole introductif d'usage, les deux enquêteurs assis face à Gabriel, enclenchent l'enregistrement et l'entretien peut commencer.

- Monsieur Le Carré, merci d'avoir répondu à notre convocation. Allons droit au but si vous le voulez bien ? Pouvez-vous nous rappeler qui était pour vous l'avocate Alix Hélias assassinée il y a cinq ans de cela ?
- Comme vous le savez, je connaissais Alix qui était dans la même classe que mon frère cadet. La mort de mon frère nous a rapprochés et lorsqu'elle est venue s'installer à Nantes, nous avons repris contact. Nous nous croisions de temps à autres, elle était invitée à mes soirées, à mes fêtes d'anniversaire notamment.
- Fort bien. Diriez-vous que vous entreteniez de bonnes relations avec la victime, voire que vous étiez amis ?
- Absolument. Alix était une femme remarquable, une avocate de talent et nous étions amis.
- Lui connaissiez-vous des ennemis ?
- Non, aucun. Et tout le monde dans mon cercle d'amis l'appréciait, elle avait une excellente réputation professionnelle et je ne pense pas que quiconque ne s'en soit jamais plaint.
- Savez-vous si elle entretenait une liaison amoureuse et si oui avec qui ?

Alice qui a posé la dernière question perçoit chez Gabriel un temps de réflexion, comme s'il cherchait à se rappeler ce qu'il leur avait précisément dit à l'époque.

- *Oui... Elle ne m'en avait rien dit et ce n'était pas sur la place publique, c'est Malo Le Bris qui m'avait appris qu'elle avait des vues sur sa femme. Vous n'ignorez pas qu'Alix Hélias était lesbienne n'est-ce pas ?*
- *Bien sûr que non et nous sommes parfaitement au courant de la liaison entre Alix Hélias et Léa Thomson. Mais c'est étrange, Malo Le Bris nous a dit que c'était vous qui l'aviez mis au courant de la liaison entre les deux femmes, lui n'avait que de vagues soupçons sur l'infidélité de sa femme. Qu'avez-vous à nous dire là-dessus ?*
- *Il ment, il ne cessait de me parler d'Alix, il était fou de douleur et de rage, il cherchait un moyen de les séparer.*
- *Vous confirmez donc avoir été informé de la liaison d'Alix Hélias avec Léa Thomson par Malo le Bris lui-même, au paravent, vous n'en saviez rien.*
- *Absolument.*

Alice affiche une moue circonspecte et le fixe sans rien dire, le Lieutenant Moreau prend à son tour la parole.

- *Dans ce cas Monsieur Le Carré, pourquoi vous êtes-vous comporté de manière fort étrange lors d'une visite chez Camille Serre ?*
- *De quoi parlez-vous ? Qu'entendez-vous par étrange et à quelle visite faites-vous référence ?*
- *Je ne parle pas monsieur, je vous pose une question et je vous demande d'y répondre. A son retour de Londres, le*

> *12 juin 2019, vous vous êtes rendu chez Camille Serre et vous avez prétendu que le couple Malo Le Bris et Léa Thomson était en danger. Je cite les mots de Camille Serre « Alix a jeté son dévolu sur Léa », puis vous avez cherché à savoir ce que Camille Serre savait au cas où Léa se serait confiée à elle. Vous vous souvenez maintenant ? Pouvez-vous répondre à ma question s'il-vous-plait ?*

Alice qui l'observe attentivement, voit combien il est pris de court par la question, il a blêmi et a quelque peu perdu de sa prestance.

- *Ça sort d'où cette histoire ? Des années plus tard vous me sortez des mots que j'aurais prononcé lors d'une soirée ? Comment voulez-vous que je m'en souvienne ? C'est Camille qui vous a dit ça ? Elle ne se souvient pas bien, elle confond sûrement les dates, c'est loin tout ça. Et puis Camille et son compagnon Jérémy sont influencés par Malo Le Bris, ils se voient beaucoup tous les trois mais se sont éloignés de moi. Je ne les vois plus que de loin en loin, cela explique beaucoup de choses.*
  En tous cas, c'est indigne de chercher à me manipuler de la sorte, en outre, avoir ou pas tenu ces propos ne constitue en rien une preuve de quoi que ce soit. Puisque vous voulez la jouer ainsi, je ne vous dirai rien de plus et j'exige la présence de mon avocat !

Le lieutenant Moreau nullement impressionné, ne lui laisse aucun répit.

- *Lors de cette soirée avec Camille Serre, vous êtes tout de même allé jusqu'à vous reprocher de les avoir présentées l'une à l'autre ? Ce n'est pas anodin. Éprouviez-vous pour Léa Thomson des sentiments autres qu'amicaux ?*
- *Je viens de vous dire que j'exige la présence de mon avocat ! Je connais mes droits, je ne vous dirai plus rien, inutile d'insister.*

Il est maintenant hors de lui, arborant un air outré, il se lève. Alice lui demande de se rasseoir et lui répond sans ménagement.

- *Calmez-vous Monsieur Le Carré, nous ne vous accusons de rien, nous posons des questions, c'est tout. Nous pourrions aussi organiser une confrontation avec Camille Serre et voir où tout ceci nous mène. D'après son témoignage, vous saviez que les deux femmes avaient une liaison avant Malo Le Bris ne l'apprenne et cela vous perturbait au point de vous comporter de manière étrange. Nous finirons par savoir pourquoi et alors vous pourriez bien avoir besoin de votre avocat en effet, mais pour l'instant vous n'êtes pas en garde à vue, encore moins inculpé, alors il est inutile de vous offusquer de la sorte.*

Vous ne souhaitez plus répondre à nos questions ? Fort bien, il est 11 h 10, l'entretien est terminé.
Bonne journée Monsieur Le Carré et à bientôt.

Gabriel sort de l'entretien les lèvres serrées et le regard fixe, il fuit les lieux et dans sa hâte, bouscule un policier dans le couloir. C'est maladroit, il faut qu'il se calme, il ne doit pas perdre son sang-froid. Il s'en veut, il aurait dû rire du témoignage de Camille et prétendre qu'elle avait mal interprété son attitude. Son emportement risque au contraire de le trahir et de leur fournir un mobile tandis que Malo, lui, n'est plus suspect. Heureusement aucun indice matériel ne peut l'incriminer, il n'a laissé aucune trace. Il faut juste qu'il reprenne ses esprits.

Il s'engouffre dans sa voiture et démarre sans même avoir vu le papillon de stationnement interdit posé sur son pare-brise.

Enfin le temps se calme, la pluie s'est arrêtée et le vent faiblit sensiblement. Jérémy qui vient de fermer son magasin de cycles, marche à vive allure sans avoir à s'arc-bouter contre les bourrasques. Avec Camille, ils ont proposé à Malo de se voir ce soir, ils ont rendez-vous dans un bar de la rue Jean-Jacques Rousseau. Arthur se joindra à eux, il est arrivé d'Angers la veille pour passer vingt-quatre heures avec son père et s'assurer qu'il se remet sans dommage de sa garde à vue.

Jérémy longe le quai de la Fosse où à cette heure-ci, beaucoup de gens s'agglutinent autour des stations de tram. Le plus souvent Jérémy circule à vélo et concentré sur la circulation, ne passe pas son temps à observer les petits détails autour de lui. Ce soir il regarde avec dépit le sol maculé de taches suspectes, les mégots de cigarettes, capsules de bière et divers contenant de boissons qui jonchent le sol, et le mobilier urbain barbouillé de tags et d'autocollants.

Il s'arrête au niveau d'un réverbère recouvert d'autocollants d'un groupe révolutionnaire qui exige la libération d'un terroriste palestinien emprisonné. C'est interdit de coller ainsi sur les équipements publics mais dans cette ville c'est un peu une tradition, l'espace public est le terrain d'expression des militants et que cela plaise ou non à la population.

Jérémy pense que la priorité du moment n'est pas de libérer un terroriste jugé et condamné mais plutôt d'obtenir la libération des otages israéliens arrachés à leur vie lors de l'attaque des kibboutz et du festival de musique Nova par des formations terroristes islamistes Hamas, Front de Libération de la Palestine, Djihâd islamique et Brigades des Martyrs d'Al-Aqsa, le 7 octobre 2023 en Israël. En une seule journée, mille-neuf-cent-quatre-vingt-sept israéliens ont perdu la vie, dont trente enfants, et treize-mille-cinq-cents autres ont été blessés. Comme si cela ne suffisait pas, les terroristes aidés de civils palestiniens ont enlevé deux-cent-cinquante-et-un otages, bébés, enfants, femmes et hommes de tous âges. Si la moitié des otages a été échangée contre des centaines de prisonniers en 2023 et une poignée d'entre eux libérée par l'armée israélienne, en cet instant, le monde est sans nouvelle des quatre-vingt-neuf otages restants et présumés toujours vivants. Trente-neuf dépouilles doivent aussi être remises à Israël. Consterné, il songe que certains ont un sens pour le moins tordu des priorités.

Si Jérémy connaît ces nombres par cœur, c'est parce que très marqué par les massacres du 7 octobre 2023, il ne comprend pas pourquoi le monde entier ne se soulève pas pour exiger la libération immédiate d'un nombre aussi important d'otages. D'habitude, lorsqu'une personne est prise en otage, la mobilisation pour sa libération est massive. Il ne se l'explique que par l'ampleur de la propagande diffusée à coups de valises de billets par le Qatar et les mollahs iraniens, la jeunesse radicalisée y est curieusement très sensible et a adopté leurs éléments de langage. Ceci amplifie un antisémitisme galopant qui se traduit par une augmentation significative des menaces et agressions. Jérémy est de gauche mais il ne comprend pas pourquoi des politiques étiquetés à gauche n'affrontent pas le problème et au contraire l'aggravent en attisant les haines. Un comportement qui selon lui, ne fait que conforter les extrêmes populistes.

Il est d'un naturel conciliant mais ce soir, c'est plus qu'il ne peut en supporter, il sort son trousseau de clé de sa poche et détruit tous les autocollants du réverbère.

Le mois dernier, Camille et lui se baladaient à Londres où ils passaient le week-end, quand ils sont tombés sur des manifestants pro-Palestiniens qui brandissaient des pancartes arborant des slogans belliqueux que l'on aurait pu croire écrits par le Hamas lui-même. Étonnés les voir aussi nombreux, ils s'étaient demandé si ces gens avaient conscience de soutenir les mollahs iraniens qui inspirent et financent les groupes islamistes. Un petit groupe de manifestants s'était arrêté pour arracher les photographies des deux plus jeunes otages au monde, les petits Kfir et Ariel Bibas, âgés de neuf mois et de quatre ans au moment de leur capture, Jérémy se serait rué sur eux si Camille ne l'en avait pas empêché : « *Ils sont endoctrinés, discuter avec eux ne sert à rien, laisse tomber, ils sont capables de te frapper* » lui avait-elle dit. En y repensant il sent une colère sourde monter en lui, il reprend sa marche la mâchoire crispée et les poings enfoncés dans ses poches de pantalons.

Arrivé à hauteur de la Place du Commerce il constate que les lourds travaux entrepris depuis des années sont presque terminés, mais ils n'auront pas permis d'endiguer le trafic de stupéfiants, les types sont toujours là à tenir les murs des commerces et les aubettes de tram. Ils doivent connaître les heures de passage des policiers et disparaître avant qu'ils n'arrivent. Il trouve l'aménagement de la place beaucoup trop minéral, toute cette grisaille lui file le cafard.

Maintenant, il presse le pas, Jérémy est un optimiste, il n'aime pas s'appesantir sur les échecs et les malheurs, il préfère cultiver ce qui le rend léger et heureux.

Quand il entre dans le bar, Camille et Malo sont déjà installés dans une alcôve un peu à l'écart.

- *Hello ! Je viens de passer Place du Commerce, quel échec ce truc, nous avoir promis du rêve et nous livrer cette nullité... Heureusement que vous êtes toujours aussi beaux, je gagne à vous retrouver !*

Malo se lève pour accueillir Jérémy, il connaît peu d'hommes aussi chaleureux et sa compagnie lui est d'un réconfort sans pareil.

- *Je deviendrais neurasthénique si mes fenêtres donnaient sur cette place, je suis ravi d'habiter Place Graslin !*
- *Ah c'est sûr, il n'y a pas photo !*
  Alors, cher repris de justice, vous savourez votre liberté retrouvée j'espère ?

Ils rient et Camille se dit une fois encore qu'elle a de la chance de partager sa vie avec ce garçon responsable et drôle. Générosité, simplicité, humour et charme, elle lui est reconnaissante d'avoir cette intelligence-là.

- *Tu peux rigoler, j'ai bien cru que j'allais être incarcéré, sans alibi et avec une de mes ceintures retrouvée sur place, comment prouver mon innocence ?*
- *Heureusement en droit français, c'est à l'accusation de faire la preuve de la culpabilité d'un criminel présumé !*

Lance Camille avant de leur demander ce qu'ils veulent boire et de se diriger vers le bar pour passer les commandes.

Quand elle revient à la table, Arthur y a pris place, elle l'embrasse songeant qu'il ressemble de plus en plus à sa mère mais en plus assuré, depuis qu'il a intégré un cabinet d'avocats d'Angers, il s'épanouit et cela fait plaisir à voir.

- *Ça me fait plaisir de vous voir entourer papa de la sorte. Heureusement que maman est intervenue rapidement pour expliquer que c'était elle qui avait laissé ta ceinture chez Alix !*
Mais papa m'a dit au téléphone que vous vouliez parler de Gabriel. Y aurait-il quelque chose que j'ignore sur mon parrain ?

Camille lui explique qu'elle a appelé les enquêteurs pour leur raconter l'étrange comportement de Gabriel lors d'une soirée pendant laquelle il avait accusé Alix d'avoir séduit sa mère, et c'était avant que Malo ne soit au courant de leur liaison. Il était très remonté contre Alix, lui en voulant terriblement.

Puis Malo leur raconte ce que lui a confié Léa lorsqu'ils ont déjeuné ensemble, Gabriel éprouvait pour elle des sentiments amoureux. Elle avait tenté de relativiser arguant que Gabriel était changeant et provoquant, mais il en était convaincu, Gabriel avait dissimulé ses sentiments pendant toutes ces années et cela changeait tout. Il pouvait être capable de tout.

Tous les quatre reconstituent les événements qui ont précédé la mort d'Alix, vérifient la chronologie et s'assurent qu'ils n'ont rien oublié d'important. Quatre mémoires synchronisées travaillent mieux qu'une seule. Ils en conviennent, Gabriel n'est pas clair et à leurs yeux, il fait maintenant figure de suspect.

Arthur est pensif, il ne s'attendait pas du tout à ce qu'il vient d'apprendre, il est très attaché à son parrain et n'a jamais imaginé qu'il aimait sa mère autrement que de manière amicale. Mais il l'admet, si Gabriel était amoureux, il avait effectivement des raisons pour tuer Alix.

Ils s'en veulent, s'ils s'étaient montrés plus attentifs et perspicaces à l'époque, ils auraient peut-être pu prévenir la mort d'Alix. Ils ne comprennent pas pourquoi Léa, pourtant dévastée par la perte d'Alix, n'a pas parlé plus tôt des sentiments que Gabriel nourrissait à son encontre ?

Ils sont accablés mais ils ne peuvent pas revenir en arrière alors ayant épuisé le sujet, ils quittent le bar pour aller dîner.

Léa a du mal à se concentrer mais elle n'a pas le choix, elle a tant de choses à faire avant son prochain départ. Elle est loin d'être prête, elle a beau connaître sur le bout des doigts la situation en Ukraine, il faut qu'elle sache sous quel angle le reporter qu'elle accompagne entend cette fois traiter son sujet. Cela fait deux fois qu'elle repousse une réunion de cadrage, pourtant indispensable pour savoir quel équipement emporter.

Elle doit aussi rendre visite à sa mère, elle sait qu'elle a besoin d'être rassurée avant chaque voyage aussi lui a-t-elle promis de passer pour déjeuner.

Le séjour imprévu à Nantes lui a occasionné un retard considérable qu'elle peine à rattraper. Pourtant elle s'évertue à essayer de s'organiser, en vain car elle ne cesse de ressasser ce qu'il s'est passé à Nantes. Pourquoi n'avait-t-elle pas parlé avant à Alice de l'impétueuse déclaration d'amour de Gabriel ? Comment était-t-elle parvenue à minorer ce moment terriblement embarrassant où elle avait dû fuir parce qu'elle avait eu peur de lui ? Oui peur, elle avait eu peur de lui et avait couru prendre le tram. Pourquoi avait-elle malgré tout, accepté de le suivre et d'habiter chez lui peu de temps après ? Pourquoi des années plus tard, lui obéissait-elle toujours, séjournait invariablement chez lui lorsqu'elle se rendait à Nantes ? Qu'est-ce qui ne tournait pas rond chez elle ? Certes, il n'avait plus jamais manifesté d'empressement à son égard ni même reparlé de sentiments, alors elle avait fini par oublier. Mais elle n'avait pas rêvé, cet incident s'était bien produit et il trahissait ce que Gabriel s'était efforcé de cacher aux yeux de tous. Il l'aimait et avait donc un sérieux mobile pour s'attaquer à Alix. Elle voulait que son assassin soit démasqué, alors pourquoi n'avait-elle jamais envisagé qu'il puisse être suspect ? C'était à en devenir folle.

Et Alice, comment la jugeait Alice ? Elle lui en voulait forcément pour avoir caché des informations aussi importantes pour l'enquête. Léa se dit qu'Alice n'en pensait pas moins mais aura voulu l'épargner.

Elle se sent stupide et ne retient plus ses larmes. Comme Alix a eu tort de l'aimer, c'est à cause d'elle et de sa niaiserie qu'elle est morte. En l'aimant elle a scellé son destin, si elle ne l'avait jamais croisée elle serait toujours de ce monde. Elle a envie de tout balancer par terre, il faut que ça s'arrête, elle n'en peut plus. La sonnerie de son téléphone lui vrille le cerveau mais alors qu'elle s'apprête à le jeter au sol, elle voit s'afficher le nom de son fils. Arthur est actuellement chez son père, Malo lui aura révélé que Gabriel avait pour elle des sentiments amoureux.

Elle n'a pas la force de décrocher, elle le rappellera plus tard, pour l'instant elle veut juste dormir quelques minutes, ça ira mieux après.

Décembre pointe le bout de son nez, bientôt les fêtes de Noël songe Alice enfonçant son bonnet sur ses oreilles et pressant le pas pour rentrer à l'hôtel. Comme chaque année ou presque, elle passera les fêtes chez ses parents. A la retraite, ses parents ont quitté Nantes pour la petite station balnéaire de Pornic. Elle affectionne le pittoresque petit port touristique l'été mais tranquille en hiver ; elle s'y baladait déjà enfant, quand aux beaux jours ils désertaient Nantes pour passer la journée à la plage. Elle ne se fait jamais prier pour se joindre à une vivifiante ballade familiale sur le sentier côtier l'après-midi de Noël. Cette année encore, il va lui falloir dénicher des cadeaux à offrir, elle ferait bien de s'y mettre sans tarder, oh rien d'insurmontable mais il n'est pas impossible qu'elle soit très occupée au bureau dans les prochains jours. Elle le sent, ils ne vont pas tarder à arrêter le meurtrier d'Alix Hélias. Elle se lancera dans une chasse aux cadeaux le samedi suivant, il y aurait moins de monde en semaine mais elle sort trop tard du commissariat pour trouver les boutiques encore ouvertes.

A peine a-t-elle refermé sa porte que son téléphone sonne. C'est Élise. Elle retient sa respiration quelques secondes et ne répond pas, elle n'écoute pas non plus le message laissé sur son répondeur. Depuis le week-end dernier, elle n'a pas eu le temps de penser sérieusement à leur rencontre, les premiers soirs elle s'est endormie dans le souvenir de leur nuit au Croisic, mais elle peine déjà à retrouver précisément ses traits. Élise est adorable, pétillante et tendre, mais elle doit faire le point avant de s'engager plus avant, pas question de s'emballer. Et puis elle retournera dans quelques temps vivre à Nanterre alors qu'Élise réside et travaille à Brest.

Oui et alors ? Est-ce vraiment un obstacle, elle vivrait à Vladivostok peut-être et encore ? Elle rit d'elle-même, consciente de son habituelle méfiance envers tout engagement affectif. Une femme, Élise n'est pas la première, mais une relation prend beaucoup de temps et elle en a peu à consacrer à autre chose qu'à son travail. Et puis la perte amoureuse peut être terrible alors qu'elle a besoin de toute son énergie. Elle ne peut certainement pas se payer le luxe d'une rupture.

Tu exagères se dit-elle quelques secondes plus tard, personne ne te demande de te marier avec elle, tu pourrais juste te détendre et voir où cela vous mènerait. Élise est une chouette fille, écoute son message et rappelle-la, si ça se trouve elle veut juste te dire que ce week-end avec toi était bien sympa mais elle a retrouvé son mec ou sa copine et te souhaite une bonne continuation.

Alice éclate de rire, se lève du canapé et compose le numéro d'Élise.

Julien raccroche le téléphone et pousse son fameux petit cri de guerre, il a l'impression qu'un poids vient de glisser de ses épaules, il étire ses longues jambes sous le bureau et se lève d'un bond. Il exulte, il faut absolument qu'il en parle à quelqu'un là tout de suite, la chance leur sourit enfin, ils tiennent quelque chose de sérieux dans l'affaire Hélias.

Au bout du fil le technicien de la police scientifique a été formel, l'analyse de l'empreinte partielle de pas relevée dans la cuisine d'Alix Hélias a parlé, elle matche avec la semelle d'une paire de chaussures répertoriée à l'époque par les enquêteurs.

La scène de crime avait été bien nettoyée par l'assassin mais la police scientifique avait tout de même relevé une empreinte de pas partielle comportant des microgouttelettes de citronnade et de sang de la victime. Ils avaient inventorié les paires de chaussure des suspects et témoins de l'affaire, leur marque, pointure ainsi qu'un scanner de chaque paire de semelle et avaient soigneusement archivé le tout avec les photographies, relevés et moulage de l'empreinte. Cette empreinte était le seul élément de preuve qu'ils avaient à se mettre sous la dent, seulement les moyens de l'époque n'avaient pas permis de l'exploiter.

Les progrès réalisés depuis étaient considérables, aussi bien en matière de technologie forensique que de modélisation 3D des scènes de crime. Les fichiers numériques et les scellés avaient été conservés dans un excellent état, ce qui leur permettait cinq ans plus tard de retenter leur chance. Les empreintes de pas subissent une distorsion et une déformation en raison de la surface et du poids d'une personne, leur analyse nécessite des techniques très avancées pour les interpréter avec précision. Une analyse qui peut être éclairée par une interprétation contextuelle de la scène de crime. Les experts de

2024 ont déduit de la scène de crime que l'assassin avait effacé ses traces au sol en marchant à reculons sur un torchon ou une serviette récupérée dans la cuisine, dans sa hâte, un de ses pieds avait furtivement glissé hors du tissu, laissant une empreinte partielle peu marquée sur le sol. Ils ont utilisé un scanner de numérisation 3D et un logiciel de photogrammétrie pour capturer une représentation tridimensionnelle grossie, très détaillée de l'empreinte. Cela n'arrangeait certainement pas les affaires des meurtriers mais les progrès scientifiques au service de la justice étaient spectaculaires. Enfin, ils se sont servi de l'Intelligence Artificielle pour identifier un modèle de chaussure unique.

Ils sont formels, il s'agit d'un des modèles d'une marque de chaussures de luxe française dont la paire la moins onéreuse coûte quatre cent cinquante euros.

L'un des amis de l'avocate assassinée possédait ce modèle de chaussure. Les enquêteurs avaient trouvé la paire de chaussures parfaitement nettoyée et rangée dans une boîte tout au fond du dressing de Gabriel Le Carré.

Son interlocuteur lui a promis de lui adresser le rapport d'expertise avant la fin de la journée. Il se rassied à son bureau pour réserver un billet de train et une chambre d'hôtel, de préférence dans le même appart-hôtel que sa co-équipière. Maintenant, il est impatient de l'avoir en ligne pour lui faire part de ce tournant décisif de l'enquête.

Une alerte pour vents violents et pluie torrentielle a été émise pour la région alors Alice a pris le bus pour se rendre au commissariat ce matin. Elle est tendue, après ce que lui a révélé Julien hier soir, elle brûle d'impatience de confronter Gabriel Le Carré et elle n'a pas eu son content d'exercice matinal. Maintenant il est l'heure qu'elle aille chercher son collège à la gare, elle enfile sa parka et cherche un parapluie puis se ravise, c'est inutile, il ne résisterait pas plus de quelques secondes et de toutes façons elle a réservé l'un des véhicules de police stationnés au sous-sol.

La veille au soir, elle avait pris connaissance du rapport de la police scientifique adressé par Julien sur sa boîte mails. Sachant que Gabriel Le Carré s'était trouvé sur le lieu du crime, elle avait eu un mal fou à s'endormir. Elle le revoyait lors des auditions avec sa belle assurance et sa mielleuse condescendance, sa dureté aussi quand il se sentait mis en cause. Elle s'était souvenue des mots de Léa pour absoudre Gabriel, comme elle allait tomber de haut en apprenant la vérité. Comment allait-elle le supporter ?

Dans le parking, elle réalise qu'elle a oublié d'expliquer à Julien que le vieux souterrain entre les accès sud et nord de la gare est maintenant doublé par une passerelle aérienne plus agréable à emprunter, avant de démarrer le véhicule de police, elle lui envoie un SMS pour lui demander de l'attendre sur le parvis du côté sud où ce sera plus facile pour elle de stationner.

De son côté, profitant des deux heures et vingt minutes de trajet, Julien s'était replongé dans la relecture du rapport scientifique et n'avait pas vu le temps passer, tout juste avait-t-il levé le nez de ses papiers alors que le TGV longeait les rives de la Loire. A travers le rideau de pluie qui s'abattait sur les vitres du train, le paysage troublé se muait en de translucides aquarelles.

Descendu du train, Julien a traversé la passerelle aérienne vitrée et sa galerie marchande à toute allure, sans presque rien n'en voir sauf les sculptures d'arbres en résine blanche qui soutiennent la voûte. Arrivé sur l'esplanade sud, il a tout de suite repéré le véhicule de police garé tout au début de la rue en face.

Ils s'étaient manqués et contents de se retrouver, ils échangent une chaleureuse poignée de mains avant de s'engouffrer dans le véhicule, à l'abri des intempéries.

Demain à l'aube, ils interpelleront Gabriel Le Carré pour le placer en garde à vue.

Il est 6 h 30 du matin, depuis trente minutes déjà, ils sont garés dans la ruelle arborée qui mène à la maison de Gabriel Le Carré. Ils se doutent qu'il se montrera désagréable et exigera la présence de son avocat, mais ils ne le considèrent pas comme dangereux. Alice et Julien ne sont accompagnés que de deux fonctionnaires, un officier de police judiciaire et un agent. Cette fois, Alice tellement fatiguée par l'insomnie de la nuit précédente, a très bien dormi, en revanche Julien a de vilaines poches sous les yeux et mâche furieusement un chewing-gum qui ne doit plus avoir aucun goût. C'est l'heure, ils donnent le signal aux fonctionnaires qui attendent dans l'autre véhicule et tous quatre s'approchent du portail de la jolie maison des bords de l'Erdre.

Gabriel émerge difficilement d'un sommeil lourd, il tend la main vers son smartphone, il n'est que 6 h 40 ! Mais qui peut bien l'importuner à cette heure-ci ? Il a dû rêver, il tire la couette sur sa tête et cherche à se rendormir. Nouveau coup de sonnette plus insistant, cette fois c'est sûr il y a quelqu'un à l'entrée. Il se lève en maugréant, noue la cordelette de sa robe de chambre, descend l'escalier et sur l'écran du visiophone il découvre quatre personnes dont un policier en uniforme. Surpris, il n'ouvre pas et leur demande ce qu'ils lui veulent.

- *Bonjour M. Le Carré, c'est la police, les capitaines Alice Mahé et Julien Maris accompagnés d'un OPJ et d'un agent de police. Pourriez-vous nous ouvrir s'il vous plaît ?*
- *Encore vous Capitaine Mahé ?! Pour quelle raison devrais-je vous ouvrir ? Dois-je appeler mon avocat ?*

- *Vous le ferez M. Le Carré mais pour l'instant soit vous nous ouvrez soit nous enfonçons la porte, nous vous interpellons dans le cadre de l'enquête sur l'assassinat d'Alix Hélias.*

Gabriel est sonné, en plus il est nauséeux, ce n'est vraiment pas son heure, il ne met jamais un pied à terre avant 7 h 30. Mal réveillé il se demande ce qu'ils ont bien pu trouver de nouveau pour justifier son arrestation mais ne voyant rien à leur opposer, il leur ouvre. Les enquêteurs lui demandent de s'habiller et de les suivre sans faire d'histoire. Il cherche dans son répertoire le numéro de téléphone de son avocat, ils lui répondent qu'il l'appellera du commissariat. Il leur dit qu'il veut prendre une douche, Julien lui rétorque qu'ils ne sont pas à sa disposition et qu'il doit s'habiller rapidement. Gabriel lui lance un regard plein de mépris mais s'exécute. Lorsqu'il redescend, il leur demande s'il peut leur offrir un café car lui en aurait bien besoin, Julien lui rétorque que cela suffit. Gabriel se résigne, les suit et ferme sa porte en espérant qu'il sera rentré pour déjeuner.

De mauvaise grâce, il monte à l'arrière du véhicule des policiers et se bouche le nez, il trouve repoussante l'odeur qui flotte dans l'habitacle et n'a même pas sur lui un mouchoir parfumé à se coller sous le nez. A l'arrière du véhicule de police, Nantes lui apparaît sous un autre jour, tout à coup il trouve sa ville sinistre. Il laisse échapper un juron et les regarde avec dédain, comme il méprise ces minables fonctionnaires de police qui lui font perdre son temps. Il ne leur dira rien, de toutes façons ils n'ont rien de probant contre lui, une fois de plus, ce n'est que du bluff. Ils s'illusionnent s'ils croient pouvoir le faire craquer, ils ne savent pas à qui ils ont à faire. Ce soir, il dormira dans son lit.

Maître Roulet est arrivé au commissariat, il s'est entretenu trente minutes avec son client et maintenant, l'interrogatoire de Gabriel Le Carré peut commencer.

- *Monsieur Le Carré, où étiez-vous l'après-midi de la mort de Madame Alix Hélias ?*

Gabriel fixe Julien droit dans les yeux et pas le moins du monde déstabilisé lui répond sans sourciller.

- *Malo Le Bris n'est plus suspecté, vous n'avez plus que moi à vous mettre sous la dent ?*
- *Répondez à la question s'il-vous-plait.*
- *Je ne sais pas, ça commence à dater tout ça. Vous vous souvenez de ce que vous avez fait un samedi d'août, il y a cinq ans de cela ?*
- *Faites un effort, réfléchissez, consultez votre agenda électronique.*
- *Une chose est certaine, je n'étais pas chez Alix Hélias, je n'y suis jamais allé, à chaque fois que nous nous sommes vus c'était soit chez moi soit en ville dans un lieu public. Je ne sais même pas à quoi ressemblait son intérieur.*
- *Vous n'êtes jamais allé à son domicile ? Vous en êtes certain ? C'est votre dernier mot ?*

Maître Roulet s'interpose :

- *Mon client vient de vous le dire et vous n'avez aucune raison de mettre sa parole en doute, M. Le Carré n'a jamais été entendu comme suspect jusqu'ici, il n'était guère intime avec la victime, ils entretenaient une relation amicale plutôt distante. Il n'avait aucune raison de lui en vouloir alors quel aurait bien pu être son mobile pour la tuer ? Soit vous disposez d'éléments tangibles pour l'incriminer soit nous partons sur le champ. Cette arrestation nous semble pour le moins être abusive.*

Gabriel Le Carré satisfait de l'intervention de son avocat, opine du chef et regarde les enquêteurs avec suffisance. Malgré tout, il ne peut s'empêcher de se demander ce qu'ils peuvent bien avoir contre lui et si longtemps après les faits ? Il sait que l'on n'arrête pas quelqu'un de la sorte sans raison.

Alice restée silencieuse jusqu'alors, prend à son tour la parole.

- Nous allons y venir Maître, patience.
M. Le Carré pour la dernière fois, où étiez-vous l'après-midi de la mort de l'avocate entre 17 h et 19 h ? Il a été établi qu'elle a été tuée dans cette intervalle de temps.
- *Voici, mon agenda électronique ne ment pas, j'étais passé voir un ami artiste peintre dans la maison de quartier du Champs de mars, nous avons passé un bon moment à discuter d'une prochaine exposition de ses œuvres, puis comme j'étais invitée le soir à un anniversaire, je suis rentré chez moi me préparer.*

La maison de quartier du champ de mars ! Alice sursaute et incrédule lui demande.

- *La Maison de quartier du Champ de mars ? Celle qui se trouve à deux ou trois portes de la maison où habitait Alix Hélias ?*
- *Oui et alors ? Qu'est-ce que j'y peux si les deux lieux sont proches ?*
- *A quelle heure aviez-vous rendez-vous avec cet ami et à quelle heure êtes-vous reparti de chez lui?*
- *Comment voulez-vous que je m'en souvienne précisément ? D'après mon agenda nous avions rendez-vous à 16 h, de mémoire je suis arrivé un peu après 16 h et j'ai quitté Jean-François Legrand à 19 h 30, je m'en souviens parce que j'ai alors regardé ma montre, je pensais qu'il était plus tôt, je me suis hâté pour rentrer chez moi me changer et récupérer le cadeau destiné à l'ami dont la soirée d'anniversaire démarrait à 21 h.*
- *Pour quelqu'un qui ne souvenait de rien, vous êtes soudainement très précis Monsieur Le Carré. Quel est le numéro de téléphone de Monsieur Legrand s'il-vous-plait ?*
- *Vous trouverez son numéro dans l'annuaire.*

Pour Maître Roulet, il ne fait nul doute que les policiers sont en train de se fourvoyer, il fait mine de se lever et d'un ton péremptoire tance les enquêteurs.

- *Mon client a été coopératif et vous avez votre réponse, il ne pouvait pas être chez Alix Hélias au moment du meurtre puisqu'il était encore avec Monsieur Legrand. Si*

> vous en avez terminé, nous allons prendre congé sur le champ.
> - Asseyez-vous Maître si vous le voulez bien. Il y a autre chose, vous pensez bien que nous n'aurions pas interpellé votre client sans cela, en outre, il nous faut vérifier son alibi, il va donc rester en garde à vue jusque-là.

A ces mots Gabriel a pali, mais que peuvent-ils bien avoir d'autre ? Il en est certain, il n'a laissé aucune trace, en revanche il ne sait pas si Jean-François se souviendra ou non de l'heure à laquelle il l'a quitté ce jour-là. Lui sait parfaitement qu'il n'est pas parti de la Maison de Quartier à 19 h 30 mais plutôt vers 17 h 30, ce qui en effet lui a amplement laissé le temps de tuer Alix. Mais ce qu'il sait de Jean-François l'incite à penser qu'il n'aura aucune idée de l'heure précise à laquelle il est parti.

Alice qui ne le quitte pas des yeux l'a vu vaciller, elle enfonce le clou.

> - Maître, nous avons la preuve de la présence de votre client dans la maison d'Alix Hélias le jour de sa mort. Une preuve scientifique irréfutable.
> - De quelle preuve s'agit-il ?
> - Nous allons y venir mais chaque chose en son temps maître, pour l'instant, nous plaçons votre client en garde-à-vue le temps de vérifier son alibi.

Sans un mot de plus les enquêteur mettent subitement un terme à l'audition et se lèvent. Gabriel est déconfenancé, il se laisse menotter et conduire en cellule sans regimber.

Une fois encore, Alice voit la superbe d'un homme le quitter en quelques secondes, nombre de personnes arrêtées et confondues, d'arrogantes deviennent pathétiques, le temps d'une respiration. Mais elle ne doute pas qu'il soit capable de se ressaisir rapidement. Ils n'ont pas une minute à perdre et doivent se rendre chez Jean-François Legrand en espérant qu'il se souviendra avec précision de la visite de Gabriel ce jour-là.

Jean-François Legrand est âgé d'une soixantaine d'années, avec son abondante crinière blanche et ses yeux d'un vert délavé, il correspond tout à fait à l'idée que l'on se fait d'un artiste bohème. S'il est d'un naturel ouvert, il n'apprécie pas plus que cela d'avoir à faire à la police. Leurs questions l'ennuie et il n'a qu'une idée en tête, se débarrasser d'eux et retourner à sa peinture.

Mais les deux enquêteurs sont insistants, il faut qu'il se souvienne de ce samedi d'août il y a cinq ans. Oh il se souvient vaguement de la visite de Gabriel Le Carré, il s'était d'ailleurs demandé pourquoi il avait insisté pour le voir alors qu'il était occupé, comme tous les 3ème samedi du mois, à animer un atelier de peinture pour les adhérents de la maison de quartier. Un ami, comme ils y allaient, il le connaissait à peine ! Il se souvient qu'il lui avait fait miroiter la possibilité d'une exposition dans une galerie en vue du centre-ville, mais ne l'avait plus jamais contacté par la suite.

Voyant qu'il ne se débarrassera pas comme ça des deux policiers, il finit par fouiller dans son bureau pour retrouver son agenda papier de cette année-là, il n'a pas d'agenda électronique, il ne trouve pas cela pratique et puis si on lui volait son téléphone... Voilà il a trouvé, et maintenant il se souvient mieux, Gabriel était arrivé chez lui un peu en retard vers 16 h 15 au lieu de 16 h comme prévu, les élèves travaillaient alors individuellement sur leur projet. Il était parti à 17 h 30 au plus tard, il en était certain car il consacrait la dernière demi-heure du cours à conseiller individuellement les élèves jusqu'à la fin du cours à 18 h. Après 17 h 30 Gabriel ne pouvait être présent sinon il l'aurait dérangé, il était donc parti à 17 h 30 au plus tard, de ça il était certain.

Alice et Julien se regardent, donc à 17 h 35 Gabriel Le Carré pouvait tout à fait être chez Alix Hélias et l'assassiner entre 17 h 35 et 19 h puis se rendre à sa soirée d'anniversaire. Son alibi ne tenait pas. Ils prennent congé de Jean-François Legrand en lui demandant de se rendre dans l'après-midi au commissariat où un officier de police judiciaire prendrait sa déposition.

L'étau se referme sur Gabriel, une empreinte de pas d'une de ses chaussures sur la scène de crime, pas d'alibi, sa présence l'après-midi même à cinquante mètres du lieu du crime et un témoignage qui indique qu'il était au courant de la liaison entre les deux femmes et en souffrait, ils en ont assez pour l'inculper.

A la justice de prendre le relais et d'établir ou pas, sa culpabilité puis de requérir une peine.

A la fin de sa garde à vue, Gabriel Le Carré a été déféré à la demande du juge. Des poursuites sont engagées à son encontre et la presse ne va pas tarder à en parler. Avant qu'ils ne l'apprennent par les médias, Alice tient à informer elle-même les proches d'Alix Hélias auxquels elle a eu à faire. Elle doit faire vite, elle décide de commencer par appeler Pierre Hélias, le père d'Alix et de terminer par Léa, elle sait que ce sera le plus difficile.

Le camion de déménagement vient juste de partir et Ariane n'a pas eu le temps de remonter dans l'appartement quand elle prend l'appel d'Alice. Elle l'écoute lui expliquer en quelques mots la mise en examen de Gabriel Le Carré. Sous le coup d'une vive émotion, Ariane sent ses jambes se dérober sous elle, elle s'assoit sur les marches du perron. Elle est sidérée, ainsi donc c'est Gabriel qui l'a tuée. Elle ne s'attendait pas à ça, elle se souvient bien de lui, pendant le pique-nique d'anniversaire de Camille elle l'avait trouvé quelque peu superficiel mais avenant. Il les avait divertis avec son savoir de la scène artistique nantaise. Dans le bus qui les ramenaient du Parc où s'était déroulé le pique-nique, elle l'avait appelé « *Gabriel les bons plans* « et Alix avait ri !

Ainsi donc un ami d'Alix l'avait tuée parce que jaloux de l'amour entre elle et Léa. Cela paraissait dément, pourtant n'était-ce pas d'une effroyable banalité ? Chaque jour ou presque on entendait parler dans les médias de femmes assassinées par un homme soi-disant par amour. Un amour vampire relevant de la possession et de la domination, un amour prompt à se transformer en haine. Comment cela avait-t-il pu arriver à Alix ? Elle, l'avocate féministe qui défendait les droits des femmes et n'avait pas de relations amoureuses hétérosexuelles ?

Gabriel était un ami de Léa, elle l'avait pressenti, Alix aurait dû la fuir. Elle était morte à cause d'elle, de la main de Gabriel certes, mais à cause d'elle.

Inquiète de ne pas la voir remonter, Eva est descendue et maintenant elle écoute Ariane lui raconter l'arrestation de Gabriel. Elle tente de la réconforter mais aussi de la ramener à la raison, elle ne pense pas que Léa ait une quelconque responsabilité dans la mort d'Alix. Elle n'a pas armé le bras de Gabriel, elle avait parfaitement le droit de prendre le temps nécessaire pour être certaine de son choix, c'était même tout à son honneur. Elle pense qu'Ariane a tort de lui en vouloir de la sorte mais elle n'insiste pas, elles ne vont pas se disputer alors qu'elles sont tout juste rentrées à Paris, même pas encore installées dans leur nouvel appartement.

Leur couple résiste tant bien que mal à l'érosion du quotidien, aux ennuis de santé et aux aléas financiers qui s'accumulent au fil du temps. Eva est pragmatique, elle se dit qu'il vaut mieux qu'elle garde son énergie pour ce qui en vaut vraiment la peine, de toute façon, rien ne fera revenir Alix et Ariane ne reverra probablement plus jamais Léa.

Alice monte le chauffage de la chambre d'hôtel, elle a froid, sûrement le contrecoup de toute l'adrénaline qui a coulé dans ses veines ses derniers jours, de la fatigue accumulée aussi. Elle se laisse tomber sur le canapé et s'accorde quelques minutes de répit avant d'appeler Léa et de la mettre au courant de l'arrestation de Gabriel. Cela ne va pas être simple, elle ne sait pas trop comment lui dire que c'est son meilleur ami qui a tué la femme qu'elle aimait. Comment pourrait-t-elle accepter ça ? Elle aurait préféré être face à elle plutôt qu'au téléphone mais elle n'a pas le choix.

- *Alice ! Enfin, tu m'appelles, alors ?*
- *Euh… écoute, nous avons arrêté l'assassin d'Alix, il est déféré, nous n'avons aucun doute au vu des preuves que nous avons contre lui.*
- *C'est formidable, bravo, je le savais tu es la meilleure !*
- *Tu sais c'est un travail d'équipe, et dans notre affaire c'est surtout la police scientifique qu'il faut remercier, ils ont réussi à faire parler les indices grâce aux évolutions technologiques.*
- *Alors c'est qui ce fumier ?*
- *Léa, ça va être difficile pour toi à entendre… Tu le connais, bien…*
- *Je le connais ? Mais c'est qui ?*
- *C'est Gabriel.*

Alice entend Léa éclater de rire au bout du fil et puis plus rien, juste le silence.

- *Léa, tu es toujours là ?*

- *Oui... tu ne me fais pas marcher ?*
- *Bien sûr que non.*

Alice explique en détail à Léa ce qu'ils ont contre lui. Léa ne souffle mot, elle doit être abasourdie, puis Alice l'entend ravaler ses larmes. Enfin, elle lui parle.

- *Tu sais c'est étrange, je ne voulais pas admettre que c'était lui, pourtant le doute m'a effleurée lors de mon dernier séjour à Nantes. Il avait bel et bien un mobile, il m'avait dit qu'il m'aimait et j'ai voulu l'oublier parce que cela m'arrangeait. Gabriel est malin, bien sûr qu'il n'allait pas reparler de cette désastreuse déclaration d'amour s'il l'avait tuée.*

  Alice, il ne doit pas y avoir de femme plus idiote que moi sur terre. Mon meilleur ami a tué la femme que j'aimais et moi j'aurais encore le doit de vivre ?
- *Arrête avec ça, tu n'y es pour rien, Gabriel a une personnalité narcissique et perverse. C'est un opportuniste et un manipulateur, il est très fort et sait s'y prendre pour ne rien laisser transparaître. Il t'a eue comme tout son entourage, mais tu vois, nous avons fini par le faire tomber. Beaucoup de criminels passent à travers les mailles du filet, pas lui. Avec un peu de chance, il va passer pas mal d'années derrière les barreaux et toi tu vas te reconstruire et oublier.*
- *Jamais ! Je n'en ai pas le droit.*

- *Ça ne fonctionne pas comme ça et tu le sais. Tu lui dois de vivre et d'apprendre de tes erreurs, sois-en certaine, tu n'as absolument aucune responsabilité dans sa mort, imaginer le contraire serait présomptueux.*
- *Tu crois vraiment ce que tu dis ou ce ne sont que des paroles de circonstance ?*
- *Léa, tu connais la réponse. Nous nous verrons d'ici quelques jours, je dois te laisser pour le moment.*

Léa n'a plus de larmes à verser, elle ferme les yeux pour rejoindre Alix dans un espace-temps qui n'appartient qu'à elles. Toutes deux blotties dans la jolie vedette de Gabriel, elles glissent sur les eaux paisibles de la rivière, les sons qui leur parviennent sont décuplés par l'obscurité et les étoiles scintillent haut dans un ciel bleu nuit. La magie de ce moment est en elle à jamais, au moment de mourir, c'est là qu'elle se réfugiera et pour toujours.

Sur l'Erdre, la vedette de Gabriel ne promène plus des gens qui s'aiment, elle fait triste mine, amarrée pour longtemps à son ponton.

Alice boucle sa valise, son train quittera Nantes dans une vingtaine de minutes et pas question de le louper. Sa hiérarchie a donné une suite favorable à sa demande de congé, elle ne rentre pas tout de suite à Nanterre mais va rejoindre Élise à Brest. Elle a hâte de la retrouver.

Remerciements

J'ai écrit « Un pas de trop », la suite de « j'ai couru vers toi », également sans l'aide d'un éditeur, donc pas de soutien ni de conseils éditoriaux, pas de relecture ni de correcteur. Aussi, je demande pardon par avance à mes lecteurs s'ils venaient à tomber sur des coquilles égarées.

Christine Le Doaré

Mai 2025